行道集

寓真 著

山西出版传媒集团 三晋出版社

目 录

生命澳洲 ……………………………………… 1

穿过柴达木盆地 ……………………… 18

富春江三题 ………………………… 25

温州忆旧 ……………………………… 35

雪夜到京都 ………………………… 43

此地原名松树洼 ……………………… 51

莱茵河 塞纳河 台伯河 …………… 62

九曲竹筏歌 ………………………… 79

行道 ………………………………… 96

一朵白云似荷花 …………………… 107

同龄伙伴 …………………………… 116

县城旧影 …………………………… 126

故乡的抗战文化 …………………… 135

在艰苦岁月中磨砺 ………………… 145

回眸我的大学 ……………………… 152

留在长治的那些足迹 ……………… 194

生命澳洲

一　静静地去回想

访澳归来,想写点东西,苦于事务缠束,不能宁心静意。直忙到年底,忙到春节,有了几天假期,但还要闭门谢客,省略了相互拜年的礼俗,方可安静地坐下来想与写。

写澳洲是必须静静地去想的。短短几天中,匆匆地走过了几个著名的城市,只能是浮光掠影。但那浮过的光是那样的明丽和清澈,掠过的影是那样的绿溶和翠美,浮掠过后再去静静地回思,便能从那光和影中,发现一些深蕴的意味。

澳洲的阳光是非常灿烂的,空气是非常洁净的,河海是非常清纯的。这样的阳光、空气和水,三者和谐地组合在一起,意味着什么呢?这是意味着鲜活的生命。阳光、空气和水,是生命之源。生命的本色是绿色的,绿色是光合作用所生成的,是造化的赐予。

我们从已是冰雪寒冬的北半球,飞越赤道,降临于南半球的澳洲时,这里正是满目葱绿的夏季。漫步在悉尼皇家植物园中,感觉着碧空中洒落着灿晖,海上吹来了湿润,奇特的花木和古老的松林,呼吐出源源不竭的鲜氧,这时刻,人的生命便与万物和谐地融合为一体,我们便觉得自己也是那样的绿,那样的鲜,那样的生机蓬勃。从澳洲回来已有一段时间了,只要静下来,静静地去回想,仍然能感觉到那种生命的盎然与谐美。

但我在静思中,忽而又想到庄子。澳洲的风光固然明媚,而激活生命的感受却也是"逍遥游"本身的神奇。人在一个环境中拘羁日久,便与造化疏离,逍遥远游是可以让人亲近造化,而膺受其恩赐的。

二 少女读诗的时刻

人们说走进悉尼皇家植物园,如同打开了这个国家历史的第一页。因为这里是英国人建立殖民区时期,开辟的第一家农场所在地。园中密布着古松、榕树和硕大的仙人掌,据说有七千馀种植物。植物园北端濒临海湾,海面蓝得发亮。散步在这绿色与蓝色之间,让人忘乎一切,身体和心情都轻松得像在宁静的大气中,自由地飘浮着,又仿佛进入了一个梦境。我即刻觉得这梦境就是生命的襁褓,当初,正是从这样纯正的绿色与蓝色弥漫着的自然中,诞生了人类的。

从海滨朝西望去,著名的悉尼歌剧院恰在对面。它的独特造型,人说是三叶白色的风帆,我却以为更像三只巨型的银贝,是蚌,或是蚬。必定是一位睿智的设计师,在这里描绘了生命的美丽。

在悉尼,足以显示生命美丽的另一去处,是邦代海滩。游艇,冲浪,休闲的人们纷至沓来,那是一个金色的沙滩。尤其是喜欢日光浴的人们,男男女女就那样赤身裸体,享受一种也许是最原始的天趣。

目扫过由许多的白肌肤或黑肌肤的姿势各异的人体构成的风景,忽而注视到了一个阳伞下的少女。她在看书,在沙滩上席地而坐,书放在自然屈回的双膝上,玉体那样雪白,线条那样柔婉,姿态那样娴静,整个儿是一尊羊脂玉的雕像。谁注意到这尊玉雕都会着迷。你会以为她是从神话中来的,是适才从天池中洗浴出水的仙女。仙女也看书吗?她看的是什么书呢?是诗集吧,我猜想。那该是一本多么神圣的诗集。

真是一个无比美妙的读诗的时刻。惠特曼有诗曰:"请给我灿烂宁静的阳光";"啊 / 大自然 / 请再赐予我 / 你那原始而淳厚的宁康"。

三　享受太阳的光华

位于澳大利亚东北方的昆士兰州,称为阳光之州。绵长的海岸线上,那些迷人的沙滩与海湾,比之悉尼,似能更多地让游客们尽情享受太阳的光华。

我们来到了黄金海岸。在誉为"冲浪者天堂"的海滨，赤脚踩过绵密细柔的沙滩。涛声震耳，冲浪者随着波涛起伏而出没。阳光溶遍了沙滩，溶遍了海波，也溶遍了每个人的身心。一个冲浪者从波涛中走来，手抱着舢板，得意洋洋地过来同我们照相。两位身材丰满的欧洲女士，自由自在地漫步着，微笑着走来打招呼，交换名片。她们说在北京设立有办事处，我便想到她们一定是尝够了北京的风沙和污尘，到这里清洗心肺来了。

烟尘滚滚与危楼巨厦密布的都市化趋势，愈来愈使得阳光成为人世的瑰宝。太阳把光热无私地送给人类，大家在过去并没有觉得她多么可贵。如今人类自作自受的恶果，终于使我们陷入了烟尘污染的包围中，于是懂得了阳光的美丽。在世界许多地方，日渐阴晦之势已经无可挽回。住宅区那些由钢筋筑起的一幢幢庞然大物，把我们挤压得透不过气来，我们仰脸望着，渴盼着阳光。然而，虽然只有洗脸盆那么大的一块天空，也已经涂得乌黑。

昆士兰却能保留着原始的蓝天和阳光，几亿年以前的那种蓝天和阳光。这是多么值得庆幸，多么值得骄傲的事情。悉尼人和墨尔本人过去把昆士兰人轻蔑地称为农民，因为昆士兰开发较晚，至今仍有五万多的土著居民。现在却应该是昆士兰的农民，反过来轻蔑大都市的堕落了。

澳洲其他地方都有妓院，惟独昆士兰州法律规定不允许开设此种淫乐场所。我相信这一法律规定的背后，是一种传统文化的崇拜。土著民族文化和古老的丛林,在这里获得了尊严和珍视。随着国际旅游经济热潮升腾,曾经有人提议黄金海岸扩展开发,大量吸收移民,从现有居民的基础上增加一倍,这一提案却被议会断然否决。这正是昆士兰人的智慧过人之处。

想想我们国内,正在以迅猛之势推进着城镇化工程,不仅大兴土木,而且伴随着形形色色的文化污染。市民们眼下最需要的是阳光,是那种原始的纯净阳光,却不知大市小市的市长们能否想到这个问题。不停地增加着现代都市的堕落文化的污染,等于在遮蔽和减少着阳光的照耀。只有极力避免和减少自然生态与原生态文化的损失,乃能够增加阳光的美丽。

入住旅馆,傍着海滨,窗外有红花艳放的凤凰树,和大片的棕榈林。傍晚的斜晖照在海面上,照在沙滩上,照在花树上,照在一片片宽大的绿叶上。这是阳光最美的时分。

四 海底漫步的感悟

凯恩斯是昆士兰州东北海滨的一座小城,如今游人如织,因为有着前往大堡礁观光的游轮码头。被列入世界奇景之一,并确定为世界遗产的大堡礁,不但是地球上最大的珊瑚礁群,而且是罕见的绝无污染的健康海域。

这里的海水纯净而清澈,温暖的日光可以完全穿透,而且含盐度高而别无杂质,具备了珊瑚滋长的最佳条件。

珊瑚营造的礁岩环境，也为其他生物提供了坚固安全的隐蔽栖所,成为海洋生态系中颇为特别的共生系统。据说大堡礁内蕴藏着种类极富、数量极多的海洋生物,包括几百种珊瑚,几千种软体动物,一千多种鱼类和多种的海龟海鸟。如此说来,这真是一个生命的天堂啊！

从凯恩斯码头乘船,约莫一小时,到了摩亚礁。名为"太阳恋号"的游轮,在摩亚礁设有供游人活动的浮台。从那儿可以乘玻璃底船或是半潜水艇观赏珊瑚，还可以在潜水教练的帮助下,进行浮潜或海底漫步。透明玻璃底的游船，傍着珊瑚礁缓缓驶过，让人看不尽珊瑚的丰美多姿,其间并有群游的鱼类,静栖的贝类,及海星、海参、海葵等多种海洋生物,好一个缤纷妙丽的世界！海底漫步实际是在海水深处做了平台，背起沉重的潜水服，戴上帽盔,便可以扶着栏杆顺斜梯下到海中那平台上。海水浮力冲力很大,紧抓住栏杆仍然晃动不稳,但还是不妨腾出一只手来,试捉那些四周环绕的鱼类。鱼游得极快,难以捉住,只有海参好捉。把一只海参握在手里,原来它是那样绵软而滑腻。我们从电视中看到过海底世界的景象,但只有亲身下到海中,那感受才是真切的。

偶见一篇宗教人士写的文章说：世界是一个心智的现象。创造生命的奥秘在于基因密码的设计,如果没有一套源自宇宙意识的密码系统，无机物根本不可能演化为生物。生命不是无机物进化来的,而是先有生命意识,意识化现万物,亦即古代圣哲在直接科学上所揭示的真理：一切都是道,道生万物。

　　偶见一篇宗教人士写的文章说：世界是
一个心智的现象。创造生命的奥秘在于基因
密码的设计。亦即古代圣哲在直接科学上所
揭示的真理：一切都是道，道生万物。

看了美妙的大堡礁世界，真的会让人产生造物主的联想，会使我们的唯物史观发生动摇。如果没有高超无比的心智设计，生命现象怎么会如此妙采万态呢？相信缔造生命的神灵的存在吧！我们所在的地球，整个是一个血肉相连的生命体。

五　购一幅土著人的画

黄金海岸艺术中心上演的一台音乐节目，名之为《风暴》。帷幕拉开，背景是一片苍莽的丛林，天幕上悬垂着巨大的动物，蜘蛛，蜥蜴，蟒蛇，狐头蝙蝠等等，显然是表现澳洲的原始状态。以后的内容没有完全看懂，大意是演绎自然界变化与人类的斗争。

丛林是一个生命世界。恶劣的风暴会对生命世界造成摧残，然而，比自然风暴更为恶劣的，是残酷的人们相互杀戮的战争，是贪婪的人们物欲膨胀的掠夺。

十八世纪英国舰队登上澳洲大陆，惊扰了在这里安详生活的土著居民，流放罪犯与殖民时期开始了。接踵而来的是淘金热像烈火一样蔓燃。淘金者与政府冲突，酿成流血事件，许多淘金者为自由与权利献出了生命。由于白澳种族主义政策对非欧裔移民的歧视，澳大利亚土地上也早已凝透着华人的血泪。

尽管还有人不肯放弃白澳政策，弱势族群毕竟日渐受到重视。土著民族的生活传统和大自然的原始物种，一起受到了尊重和保护。这都表明鲜血没有白流。在镇压淘金者的地方，立起了纪念碑。碑上铭刻着这样的文字："谨以此碑纪念，为自由之故，在这方神圣的土地上战斗牺牲的英雄们，以及为服从命令而倒下的士兵们。"此碑将永远昭示着生命与自由的意义。类似此碑，似乎也应该立在中国的某个地方。

在美术馆里，我们看到许多土著民族的艺术品，以及拓荒时期的屋舍摆设、家具和陶器。随意逛逛市场，民间绘画、乐器和木雕等工艺品，亦随处可见。购买几样在手，可爱之至。尤其是土著艺术家们的色彩浓丽的图画，主题大都是丛林。他们用天才和传统理念，描绘着最原始的丛林景象和各种古生物。古老的人类生命的信息，依托这些独具特色的艺术而留存下来，同时也将一个古老民族对生命与自由的崇拜，传递给了后人。

六 国会的壁画名曰丛林

澳大利亚联邦政府成立之初，悉尼和墨尔本两大城市为争做首都而相持不下。最后决定选择了其间的一块平地兴建都城，这就是堪培拉。以明净的葛里芬湖为中心的，显示政治清明和谐的一种城市设计，完全没有别的都市中那种大工业和商贸的繁乱情形。建筑整洁，林园环绕，广阔、宁静、淡雅。湖中喷起的水柱直射云霄。

议会大厦是首都的中轴建筑。大厦前厅中一幅覆盖整个墙壁的巨大织锦画，名之曰"丛林"。画面以淋漓斑斓的色彩，描绘了苍莽茂密的森林古树，描绘了澳洲大陆的原始风貌。壁画正中的下方,留有可以打开的门道。接待处主任约翰对我们说:"从此处走进议会,也就意味着进入了澳大利亚的丛林中。"

大厦外面的入口处,还有澳洲土著艺术家制作的彩图地板,图案绘出了各种动物,名之为"会合处"。议会怎么成了动物的会合处呢? 约翰主任解释说:澳洲最早应该是它们的世界。

到处可以感觉到人们对动物的喜爱。澳大利亚联邦的国徽上,即有袋鼠和鸸鹋图像。国家机关大都树林掩映,其间常有袋鼠和考拉出没。

最高法院周围也是一片园林。当我绕着庄严的法庭,从静谧的林间穿行时,忽尔想到:在如此和谐温静的环境中,必然有利于熏陶法官的良知,以至在审判中,便会给予更多的人文关怀和生命珍惜呵!

午餐间,我们与新南威尔士州高级法院的法官们,谈起了死刑问题。他们了解中国现行刑法中关于死刑的规定,我们也介绍了国情,和目前尚不能废除死刑的理由。但他们认为,判处重刑并不具有威慑与减少犯罪的作用。

澳大利亚是世界上已经废除死刑的国家之一。重刑主义在我们中国,却依然有着历史相因的基础,以至成为一个争论不休的复杂问题。仇仇相报,杀人偿命,以暴制暴,这种意识不知道何时才能彻底更变。重刑的结果可能是一种反复无穷的恶性循环。正如滥伐丛林,捕杀动物,对自然生态的破坏愈演愈烈一样,人们对于地球是一个血肉相连的生命体,还远远没有认识。

我想,议会大厦那幅丛林壁画,富有极其深刻的内涵,珍重历史,珍重自然,珍重生命的理念,深深渗透于其中。

七　晚宴在大法官家里

据说在澳洲文化中,"丛林"象征着这块大陆未开垦的处女状态,象征着殖民之前的土著文化。同时,这个词还与丛林大盗相关联。在殖民早期,丛林大盗极其活跃,主要目标是抢劫富人。他们多是逃犯,因抢掠烧杀再度判刑,甚至有的被绞死。但在文学作品与民间传说中,极富传奇色彩,丛林大盗成了正义反叛理念和豪杰忠勇之气的化身。

在特定历史时期,是犯罪,或是英雄,其实只是由当时的法律所界定的。文学艺术与法律的认知,往往是相反的。

进入新南威尔士州高等法院参观时,正在开庭审理一起抢劫案,据说抢劫他人财物的刑事案件屡有发生。前不久,曾有三个中国留学生,绑架华人烧烤店老板勒索钱财,在他们与被绑架者的家人接交巨额钱款时,当场被捕。

我问大法官布郎奇先生:这三个中国留学生会不会被判重刑?他摇头,并微笑着说,对于青年人时长日久的监禁并非好事,他们会在里面学得更坏。

于是,我们找到了共同语言。在中国各地,不少刑满释放人员重新犯罪,而且往往变本加厉,多作大案。监狱改造的效果令人怀疑。

"资本主义是犯罪的渊薮"这句话,现在似乎不怎么讲了,这话实际不错。资本主义也是自然生态破坏的祸首,因为资本主义意味着对资源的疯狂榨取。人类的奢侈和贪欲的一面,在现代社会得到了充分的发挥,即使不想承认是资本主义,即使是打着别的什么主义的招牌,其实质是一样的。各种宗教和伦理学,试图守住人类的良知,然而,贪得无厌地占有,高速度地挥霍,极度的享乐,对世人有着巨大的魔力。法律又能做些什么呢?能够阻挡邪恶的侵凌吗?法官们为此而困惑。其实在法官的心中,法律不是别的,同宗教与伦理一样,法律是良心。

布郎奇大法官和他的夫人,在家中设宴招我们。两人轮替下厨,各显烹饪手艺。家里没有佣人,房间布置简洁。壁上挂了几幅小画,还有几样收藏的古董。倚墙悬着一面古代的铜锣,轻轻敲击,声音清宏。室外四围林木,葱郁幽美,阳台边上正在绽放着一丛不知名的鲜花。这天刚好下了小雨,园林中散发出鲜嫩湿润的清香,幽幽沁人心脾。在这样的清芬宁谧中,边用餐边交谈,真正感觉着一种心的交流。布郎奇是一个懂得真善美的法官。对这样的法官来说,法律也许只是等同于艺术。

八 感受对法官的尊敬

澳洲此行,我们是接受布郎奇大法官邀请而来的。在此之前,新南威尔士州的法官访华团,曾经到过我们的法院。他们对山西高院的大楼表示赞赏。当我们参观了澳洲的法院,才知道我们的不足是显而易见的。

澳洲的法庭是既很庄严,又很实用很开放的。法官进入和离开法庭时,其他人都要起立。随后进入法庭者都要向法官鞠躬,两造在法庭上发言必须站着,显得彬彬有礼。控辩双方发言心平气和,注重说理,绝不像我们的法庭上那样剑拔弩张,唇枪舌剑,甚至让审判长制止再三。法院的前庭设有咖啡厅和小卖部,当事人不妨小憩片刻,自是一种轻松平和的气氛。有的法院的公众大厅,时常举行音乐和艺术演出。而在我们国内的法院,门口却是时常陷入众多上访告状人的围困中。

随处可以感受到司法环境的差异。我们以中国法官的身份,在澳洲所到之处受到人们的尊敬,是在国内未曾有过的。海关检查时,工作人员对我们十分客气,优先办理,甚至放宽安检程序。乘坐澳航班机,空姐也给予格外礼遇,时时走到身边问你有什么需要,说话时眼神中似乎满含敬意。法治国家的理念中,法官是保护自由、呵护生命的公正化身。而在我们国内,大概是受到宣传"司法腐败"的影响,法官非但不大被人尊重,反而往往是备受指责的。

法治的含义其实不只是一种制度,法治是信仰,是理念,是文化。一出国门,时时都会感受到理念差异和文化的撞击。

晚饭后在悉尼的街道上闲步。看到中国城餐馆相接,生意火旺,既有华人,也有白澳,灯红酒绿,杯盘交错。看到英皇十字区夜色焕烂,娱乐广告刺目,同性恋者蹒跚过市,妓女招摇门前。据说在澳大利亚除了有两个州禁止同性恋以外,别的州均已视之为合法。悉尼每年二月,举行一次盛大而狂野的同性恋聚会,街头游行或以艳妆浓抹而作秀,或以衣不蔽体而炫耀。这种事情在我们看来,似乎有伤风化。在他们看来,却是自由和人权,他们认为自由是生命的需求,自由应受法律保护。

自由在有些情况下,显然是与伦理相矛盾的,法律在这种时候总是居于其间。

澳大利亚奉行司法独立的原则。法官的审判不会受到政府的干预,更不为任何政党所左右。法官得到社会的普遍尊重和信任,因为他们只服从神圣而至高无上的宪法和法律。

九　迎接企鹅归巢

旅行车出了墨尔本市区,向东南方向行驶,路边风景清秀,时见树木森然。约行一小时,便到海滨。驶过一座桥,登上了菲利普岛。这个小岛现在成了观看企鹅的著名旅游景点,因而被称为企鹅岛。其实是一个天然的海岛公园,除了临海的企鹅保护区以外,密林间还栖息着野生的无尾熊。

我们下车后,先是沿着海边山头上的坡道,步行去西南端的诺比斯角。走在木板铺制的弯曲起伏的栈道上,成群的海鸥在身边飞旋。夕阳斜照在山坡上，海鸥在自然生长的灌木和草丛间栖卧或嬉戏，对频频走过的游客毫无惊惧和陌生感。让人忽然想到：人与动物之间，本来就应该是这样融洽相处的。

站在海鸥山坡上遥望，对面则是海豹岩，中间隔着一道不宽的海湾，我们因时间有限而未往。据说那里生活着五千只海豹，望远镜中可以看到它们活泼泼的影子。

这里的企鹅，美名曰"神仙企鹅"，观看它们归巢，须在太阳沉落以后。从诺比斯角返回，天色渐渐昏暗。叫做夏地海滩的地方，从岩岸高处顺斜坡而下，坐着的站着的挤满了游客。晚风吹来，寒冷侵人。为了在峭寒的黄昏迎接神仙归来，许多人专门准备了御寒的外套。大家眼神凝注地眺望着大海，等待得让人焦急。眼看着有几只从海涛中钻出来了，却又迟疑不前，据说是打前哨者，须先行观察环境。我们只好耐心期待。成群结队的企鹅终于上岸了，而且像突袭而至的一支兵武，行进很快。看着看着它们就已爬上了山坡，走到了人前。然后渐渐分散，成双成对相伴着各归自家的巢穴。巢穴分布在山冈上的岩缝和草丛中。留在家里的乳儿，早已在巢边翘盼着父母的归来。可怜者似乎是那些停在路畔求偶的"单身汉"，时而主动出击，却时遭冷遇，久久在那儿徘徊。

人们冒着暮寒将这批企鹅迎上岸来，送归其家，不知是欣赏，是好奇，还是取乐？也许预想不到的是，从这里获得了某种知识和启示。性爱是生命的本能，而生命义是在异性的媾和中得以繁衍。天设地造，一切生灵皆然。应当敬畏一切生命,不啻是人类。世界上一切生灵权利平等,都应当和人类一样共同享受大自然的恩赐。当我们观赏企鹅的时候,企鹅不是也在观赏我们吗?

十　绿草地无法替代黄土地

从墨尔本机场登上了回国的班机。

临别这天早上,来到一个最大的植物园游览,照相。漫步过植物簇拥的曲径,漫步过涟漪澄清的湖边,这是溢满生机的澳洲,留给我们的最后一个绿色印象。

但是,当我从空姐手中接过一本中文杂志的时候,出其不意地从其中跳出了一行文句,把我脑海中依恋的那个绿色印象,猛地打到了一边。这是旅美作家王安妮的文章。她尖锐地鞭挞"都市的欲望",而怀念那种纯粹的最原始状态,她说:"绿草地与海滩无法替代黄土地"!

我们将要回到黄土高原了。毕竟黄土地才是我们的家乡。澳洲短暂之行,转眼便成梦幻。这其实就是我们家乡的悠远历史上的,一个本来景象的回梦。我相信,黄土高原昔日也曾是河湖密布,丛林浓郁,碧草盖野,鸟兽群集的美丽大地。由于人类的贪婪和掠夺式的开发,导致了植被锐减,水土流失,河湖干涸,生态惨重的破坏。

人类过度消费,地球不堪负重。有识之士不断发出这样的惊呼。人类对大气的污染,已经引起全球气候变暖,并由此引起海平面上升。据说昆士兰州的珊瑚礁面积正在逐渐萎缩,那里的绿草地和海滩的美丽,能够永久地保持吗?

这位女作家在文章中,还沉痛地指斥了虚荣、矫情、名利,对金钱欲望的恶性膨胀。"全中国人民都在饥渴地寻找赚钱的机会",这无疑是一个极其可怕的现象。金钱可以噬食人的灵魂,使人们忘却生命,漠视生命,蹂躏生命。

曾有一次被蛇头骗到欧洲的偷渡客,几十人闷死在集装箱里,国内却反映冷淡。英国报纸为此嘲讽道:如果在一个文明程度高的国度,即使是闷死几十只海豚,也会引起全社会震悼的。难道国人仍然馀留着鲁迅时代的麻木吗?

澳方负责接待我们的华人刘漫先生,谈到了澳大利亚全国追悼巴厘岛爆炸事件中的死难者,在一周年忌日,又为他们举行了全国降旗。他从这件事,看到了澳洲人对生命的珍惜与敬虔,也使他想到国人的缺失,为此感触至深。

我在飞机上想起了刘漫的话, 此时已经飞行在大洋的上空。窗外沉黑而浩茫,我想那就是宇宙。只见有那么几颗星星,灼燃着火烛般的红光。

记于二○○四年一月。

穿过柴达木盆地

　　沿青藏公路西行，开始那一段路，紧傍着青海湖边延伸。深蓝色的湖水，仿佛丽人流盼着秋波，送我们远行。公路的另一边，有着碧绿的草地和绵亘的雪山。在灿烂而明净的高原阳光照射下，眼前整个儿是一幅用蓝的绿的白的油彩，绘画出来的风景图。高原秋色所特有的空阔中的绚丽，是内地的人们难于想望的。

　　旅行车爬上橡皮山之后，青海湖渐渐被抛在了后面。橡皮山口海拔三千八百米以上，狂风在空旷的野原上奔突，寒冷逼人，景色与青海湖顿异。从这里，开始进入柴达木盆地了。

　　茶卡盐湖正在盆地的边缘处。由于柴达木深居大陆腹地，远离海洋，地形封闭，季风难达，形成一个极其干旱的荒漠地域。盆地中的内流河，源自四围的冰川融雪，北面祁连山脉毗连着阿尔金山,南面高耸着雄峨的昆仑山,雪水源源而下,却永远解救不了这个广漠盆地的饥渴。河水聚为湖泊,水枯而成为盐滩,白花花的盐池盐滩四处可见。停车观赏这一片银色世界,感觉犹似万年积雪一般。运盐车道旁边生长着丛丛沙棘, 棘果早已红熟,味甜如蜜,竟也无人采撷,四周见不到炊烟村落。白茫茫的盐湖,蒸腾起白茫茫的雾气,越过盐湖,则是雪山的银光在远处闪耀。这种境界,或许有如北极光的某种奇异。

据说茶卡盐湖的天然结晶盐,质纯味佳,其采用历史可以上溯秦汉;清乾隆时颁布盐律,即由政府统采。盐湖也许就是这里的古代文明的渊源。在都兰县的考古发掘,发现了唐代早期的吐蕃墓葬群,出土了许多文物,包括精美的丝绸织品。

这天中午,在都兰用餐并稍事休息。都兰虽有着悠久的历史,仍然是一个清冷的小镇。继续西行,越过脱土山,便是辽阔的戈壁沙滩了。

在戈壁中旅行,千里一律的平沙,这也许是最让人感觉乏味和容易疲困的路程。柴达木的沙漠好在不那样单调, 它总是变换着姿态来吸引你注目。有时是金色的黄沙,有时是青色的石砾,有时是泛白的盐碱,有时点缀着绿色的植被。贴近天际白云的一群沙丘,远望去犹如在大海上浮动,让人产生种种幻觉。据说偶尔会真的碰上奇妙的海市蜃楼。还有一种称为雅丹地貌的景观,无数的小山丘呈现出朱红的颜色,远观其起伏连绵之状,仿佛是一场盛妆翩跹的圆舞。

自都兰往格木尔的行进途中，看到了另外一种大漠景象。不是平沙，也不是沙山，全部是密密簇簇的小堆，而每个小堆的顶部都覆盖着一丛绿草。把这种景象缩影到画布上，那便是由绿点构成的一幅油画。我想，正是那些年复一年顽强生存的野草，用它的根系聚沙而成堆。小沙堆又以其微弱的水分蓄养，护持着野草的生命，使之岁岁枯荣，而根愈深固。它们如此生死相依。我欣赏这种绿点构成的画景，更赞美野草与沙堆的坚贞品质。

在大部为戈壁地貌的柴达木盆地中，格尔木绿洲是一个惊喜的发现。半个世纪之前，青藏公路的建成使这里成为交通枢纽，美丽的格尔木市在荒原上诞生了。市区位于盆地南缘，昆仑山麓，格尔木河畔。这是昆仑山用乳汁般的雪水滋养的一个宠儿。茂绿的杨树林掩映着整洁的街道，鲜花芬芳扑面，流水从脚边淌过。虽然也有新式宾馆和超级市场，但绝无内地城市那种污浊和喧嚣。纯美、清洁、恬静、淳朴的小城风格，使每一个从浮躁和污染中走来的游客羡慕不已。傍晚的蓝天上闪耀着清亮的星光，街头灯火也同天上的星辰一样晶莹柔洁，绝无浮华之气。商店陈列着种种青藏高原的土特产品，尤以玉器店铺最为诱人。用昆仑白玉和祁连翠玉加工的精巧饰品，是格尔木的特色物产。

漫步在格尔木街头，浏览着那些玉店，忽尔觉得整个城市若如大漠中的一块瑰玉。对于长途劳倦的沙漠跋涉者，格尔木是一个恬美的休憩客栈，是一个最具诱惑的温馨女人，是一个令人陡然兴奋的充满幻想的海市蜃楼。

在这里度过了一个静谧的夜晚。翌日早晨,在鲜丽的阳光中与之告别。格尔木向南行,是通过昆仑山口,进入西藏之路;向西行,是当年马可·波罗走过的通往中亚之路;向北行,是穿越阿尔金山东麓,直达甘肃敦煌之路。我们取道北行,迤逦在一条被称为南丝绸之路的古道上。首先要跨越察尔汗盐湖,然后从大小柴达木湖的湖畔通过。察尔汗盐湖比我们之前看过的茶卡盐湖,大了几十倍,三十余公里的公路从盐湖穿过。没有桥墩和桥梁,完全是盐的沉积,形成了免劳修筑的永固通途,这就是著名的万丈盐桥。小柴达木湖的湖面不大,显见河干水降。所在地名小柴旦,因缺水弃荒,已不见居民村落,剩了一些空荡荡的平房。大柴旦则有汩汩流水,有白杨红柳,有房舍商市,别是一番景致。大柴达木湖委蛇潋滟,纯蓝色的水光与蓝天融合得天衣无缝,同西部其他漂亮的湖泊一样,都被传之为西王母的瑶池。

过了大柴旦,前面叫鱼卡的地方,一条河水荡荡而来。恰到午饭时分,车停在桥上,我们取出携带的面包和饮料,下到河边野餐。虽然没有街市,没有饭店,水声哗哗足可消尽寂寞。如此清澈激荡的河流,内地已十分难得,掬起河水洗手,清纯而冰凉的感觉,便知是高山的融雪。我们一边吃着东西,一边捡玩河石,奇形怪状而色泽焕然的石头俯拾皆是。当今许多繁华富丽的地方,已经被污染得不剩一泓清水了,沙漠中竟然还能流珠泻玉,大自然真是恩惠备至。

鱼卡河是我们在柴达木最后一次与水的邂逅。再往前去,即进入盆地北部的大戈壁,一滴水一点绿都看不到了,也许这才是真正的完全的沙漠。

地上没有任何生物,天空亦不见任何鸟羽。"天似穹庐,笼罩四野",四野却没有青草和牛羊,只有望不到尽头的漫漫黄沙。汽车在飞跑,你却感到好像原地不动一样,因为没有任何参照景物可以证明你在前进,你不知道何时才能走出那个穹庐,天际永远是那样的遥远。停下车来,往大漠中一站,觉得穹圆是那样的广大,自己是那样的渺小,渺小得像一粒砂子,随时可以被狂风吹去,吹飞得无影无踪。大漠中曾经蹒跚过运送丝绸的驼队,曾经驰骋过踏尸浴血的铁骑,然而,任何辉煌壮烈和血腥,都会被黄沙掩埋得一干二净。

我感觉着烈风的呼啸、狂奔、骇怒,心在战栗。倏然想到了霹雳雹雨的突袭,想到了毁灭性的地震和火山喷发,想到了洪水、沙尘暴和大面积土地的沙化。大自然让人畏惧。

据说,沙漠造林的大规模开发规划,正在某些区域实施。"封沙育林"的标语木柱子,像哭丧棍一样插在沙地上。专家指出,在降雨量微弱的沙漠中靠开发有限的地下水植树,不但造林不能成功,而且地下水系造成破坏,情况将会更为恶劣。粗暴的行政命令式的改山造水,盲目开发,已经带来了无数的恶果。欲改造自然而不得其法,岂如顺乎自然。

柴达木盆地似乎在向我们启示某种哲理。沙漠和干旱,让人感受着大自然的恶劣和可畏,同时却又得到了大

应当敬畏大自然,感谢大自然。大自然既能赐福于我们,也能将我们的所有褫夺而去。我们有权享受大自然的赐予,却没有权利向大自然恣意索取。

穿过柴达木盆地

自然的许多恩施。即使是在如此荒远的大漠中,也能让我们找到美感,找到乐趣和生机。应当敬畏大自然,感谢大自然。有予有夺,是为自然。大自然既能赐福于我们,也能将我们的所有褫夺而去。我们有权利享受大自然的赐予,却没有权利向大自然恣意索取。贪婪多欲、奢侈挥霍、掠夺资源、暴殄天物,所有这些行为,最终都会受到大自然的惩罚的。

坐在汽车上长时间凝目沙漠,在驰想和沉默中,不知流过了多少时分。忽见红日向西倾斜,天际升起浓浓的雾气。汽车终于走出了盆地,爬上了海拔将近四千米的当金山口。我们从西宁到此山口,驶出青海省界,整整驱车两日,行程一千三百公里。翻过山去,迂回下滑四十公里长坡,坡底便是甘肃省阿克塞的坝沟乡所在。有诗为证:

戈壁辽辽豁远眸,狂风吹我更神游。漠中绿水真尤物,云际黄沙起蜃楼。马革疆场闻铁血,驼铃古道忆丝绸。当金山顶摩日月,百里长坡下坝沟。

时为二○○四年九月,虽在夏季,头上却是秋水长天。

富春江三题

一　达夫故居今何在

杭州到富阳,四十公里,路新修过,差似高速。中经受降镇,即是日本降首当时,中国政府接受驻浙日军投降仪式的地方。进入富阳城区,一条宽阔大道,名为迎宾路,显然是近年扩修。

富阳富了,财政年收入二十亿元,为全国百强县之一。自从"发展是硬道理"以来,举国大兴旧城改造,老街旧市拆除无遗。前几年在城市中,到处可以看到老房子的墙壁上用白灰或黑墨大大地画一个圆圈,圈内写着一个醒目大字:"拆"。现在我还时而想起,那个"拆"字是多么的威武。贫困县尚且不甘落后,造出了八车道的大街和容量数十万人的广场,何况富可敌国之强县呢。

我游富阳，因为读过郁达夫的描写，向往作家故乡的美丽风情。一到富阳，首先想看郁达夫故居。也是一到富阳，才知道郁达夫故居因为拓宽街道的原因，迁移重建了。

　　"那一条流绕在县城东南的大江哩，虽因无潮而杀了水势，比起春夏时候的水量来，要浅到丈把高的高度，但水色却澄清了，澄清得可以照见浮在水面上的鸭嘴的斑纹。从上江开下来的运货船只，这时候特别的多，风帆也格外的饱；狭长的白点，水面上一条，水底下一条，似飞云也似白象，以青红的山，深蓝的天和水做了背景，悠闲地无声地在江面上滑走。"

　　这是郁达夫笔下的故里风光，当年从他住的二层楼上，即可看到的富春江。

　　现在重建的故居，仍然在富春江畔，而且更向江边移了，然而，却已看不到当时的景致了。上游筑起大坝，拦作水库，江水的水势非比从前。有了公路和铁路，水上运输已成颓势，风帆的诗意消失殆尽。污染日趋严重，水色没有了以往的清澈。富阳之富，造纸业为支柱产业，当地朋友还特意送给我几令宣纸，但说到造纸时，没有人不为其严重污染水源而深深忧虑的。

　　新修故居的三开间楼房，大约仿照了旧时模样，只是楼前的院子变小了。郁达夫曾经描写过那个大院："太阳洒满了东面的半个院子，有几匹寒蜂和耐得起冷的蝇子，在花木里微鸣蠢动。靠阶檐的一间南房内也照进了阳光，那小孩只静悄悄地在一张铺着被的藤榻上坐着……""太阳光漏过了院子里的树叶,一丝一丝的射进了水,照得缸里的水藻与游动的金鱼,和平时完全变了样。"现在,南房没有了,藤榻没有了,鱼缸和金鱼没有了,想象郁达夫童年时坐在藤榻上看书的样子,伸手到水里捉日光而掉入鱼缸的情景,也都无从想象了。

据郁达夫记述,当年富阳一个小的县城,"三个铜子一碗的茶店"和"六个铜子一碗的小酒馆",竟有五六十家之多。虽然他把这些茶店酒馆称之为"蟑螂之窟",还是让人感觉到了那种小市民生活的浓浓气息。距郁家不远的大江边上,便有两处"蟑螂之窟"。达夫小时候跟着家中的使婢到江边洗菜,回家时要慢慢走上码头,走进城垛,沿城向西走一段,再从一条小弄里进去。他家的住宅,在这条小弄的一条支弄里头。而重修了的故居,出大门直到江边是一片空地,回望三开间楼房的背后,却是耸立着高层楼房,把这故居压迫得局促不展。小弄、支弄没有了,小城文化也不复存在。

郁达夫《自传》中的动人之处,是他少年时恋着赵家少女的"水一样的春愁"。与郁家邻近的赵家,门前有一排柳树,柳树下杂种着鲜花。"当浓春将过,首夏初来的春三、四月,脚踏着日光下石砌路上的树影,手捉着扑面飞舞的杨花,到这一条路上去走走,就是没有什么另外的奢望,也很有点像梦里的游行,更何况楼头窗里,时常会有那一张少女的粉脸出来,向你抛一眼两眼的低眉斜视呢!"

如今这所住宅没有了,柳影和杨花没有了,即使郁达夫重生,也不会再有"梦里的游行",不会再有"水一样的春愁"了。无奈现代化的城市改造,已将一切诗意和美感化为乌有。

郭沫若说过:"富阳是风光明媚的地方,达夫是生在这样地方的人,我相信他的诗文清丽是受了这种客观环境的影响。"照此说来,如果郁达夫诗文之清丽,依赖于故乡风光之明媚的话,那么,现在的富阳,已经不具有当年的风光,所以也不会再有清丽的诗文生成了。看了现在的情形和重造的故居,从郁达夫作品中得到的许多美好的感受,反而会遭到损坏的。这还让我们有什么话说呢? 唯有深深地遗憾。

二 一片秋烟万叠山

郁达夫的《自述诗》写道:"家在严陵滩下住,秦时风物晋山川。碧桃三月花如锦,来往春江有钓船。"诗后自注云:"家在富春江上,西去桐庐则严子陵钓台也。"一九三二年他在故乡避难时,曾往钓台一游,并写下了散文《钓台的春昼》。

钓台已经成了旅游胜地,交通便利,无须像郁达夫那时先坐火轮再坐帆船了。从富阳驱车,一个小时即可到达桐庐县的富春江镇,此地又名七里垅。由渡口乘船,溯水而上,两侧山峰峭拔,水流急湍。山峡中段称为子陵峡,只见悬崖脚下,山林掩映,中有亭台牌楼,粉墙黛瓦。"严子陵钓台、天下第一观",十个大字赫然于壁上。

船靠岸后,拾级而上,有严先生祠、客星亭等处可游。诗文碑园为近年新添景观,一百馀方诗碑依山坡蜿蜒散布,书法良莠不齐,好诗甚少,大多是"先生之风山高水长"之类的陈词滥调。错落其间还立着二十来尊历史名人的石像,更是粗劣无可取者。当今国中许多风景名胜之地,新加了种种假古董的制作,殊不知这是对自然美和历史美的多么可怕的亵渎。

浏览中见一方诗碑,为山西王朝瑞的隶书,因是熟人的字,便驻足默读,正好写的是宋人绝句,还算有点意思。穿过诗碑往上攀登,上有东台和西台。东台相传为严光隐居垂钓之处,西台则是谢翱哭悼文天祥的遗址。

站在西台极目四望,秋山秋水,寒烟漠漠,我便想到适才读过的碑上那首绝句:"扁舟独上子陵滩,一片秋烟万叠山。自笑尘缘何日了,此身同寄水云间。"古人所见"一片秋烟万叠山"之景象,与我今之所见其庶几乎?如今的钓台,却成了旅游观光的热闹去处,不再是隐居的幽境了。更何况我们当代之人,尘缘不知何日可了,"同寄水云间"的隐居机会是没有的。当然也未必"读书人一声长叹","自笑"可矣。

郁达夫当年爬上东西两台的时候,他觉得那种景光"足以代表东方民族的颓废荒凉的美"。何谓"颓废荒凉的美"?现在我们不大能感觉到了。郁达夫的审美感觉,大概是很有独到之处的。他游览钓台,没有写一句歌颂严光的诗,却写了一首似乎与钓台毫不相干的七律:"不是尊前爱惜身,佯狂难免假成真。曾因酒醉鞭名马,生怕情多累美人。劫数东南天作孽,鸡鸣风雨海扬尘。悲歌痛哭终无补,义士纷纷说帝秦。"不知道评论家对这首诗作了怎样的解释,我读着其中的情味是极沉痛的。郁达夫秉性既嗜酒,又多情,没有累美人却反为美人所累,没有鞭名马却被名马所弃,颠沛一生,最后被日本宪兵所害。"劫数东南天作孽",原意不是说个人命运,而是为国事而痛忿的,岂料他后来丧生于东南方的苏门答腊,恰恰就是被这句诗不幸言中呵!

相比之下,严光拒绝了光武帝的召命,不事王侯,隐居钓台,流传虚名,却对社会无所贡献,这又有什么值得歌颂呢? 范仲淹所说的"使贪夫廉、懦夫立,大有功于名教",实在是推崇过分了。台湾一位诗人写道:"只因光武恩波晚,岂是严君恋钓台!"不是严光甘愿隐居,而是皇帝的恩召姗姗来迟之故,这种分析也许是对的。毛泽东写了"莫道昆明池水浅,观鱼胜过富春江"之后,柳亚子不是就听话了嘛。不过,严光能在这样一个风光幽丽的地方隐居,毕竟是让人羡慕的。郁达夫也曾有过这样的痴想:几时去弄一笔整款来,把全家,把书和酒壶,都搬到钓台山的附近去住。他的痴想,终久只是痴想。而现在的我们,却是连痴想也不会有的了。

下山的时候,口占四句,自嘲而已:

事业平生心渐灰,误将自己做人才。富春江上春梦醒,悔未早年垂钓来。

三　故园松菊幸有存

　　夏衍有次到了富阳鹳山,询问郁达夫故居在何处,被问者竟然反问道:"郁达夫?他是哪个单位的?"让人哭笑不得。这大概是改革开放之前的事。近年来的文化宣传,使郁达夫的知名度大为提高。如果问及郁达夫的大哥郁华的名字,却恐怕仍然鲜为人知。

　　郁华字曼陀,是一位伟大的法官。郁达夫在《悼胞兄曼陀》一文中写道:"长兄曼陀,名华,长我一十二岁,同生肖,自先父弃养后,对我实系兄而又兼父职的长辈,去年十一月廿三,因忠于职守,对卖国汪党毫不容情,在沪特区法院执法如山,终被狙击于其寓外。"

　　达夫文中,并简要追述了其兄的经历:郁曼陀毕业于日本法政大学,回国考取法官资格,先后在京师高等审判厅、大理院、大理院东北分院任职,"九·一八"事变东北沦亡后,赴上海接受租界会审公堂,出任临时高等法院刑庭庭长,一九三九年遭汪伪敌特暗杀,以身殉国。

　　郁曼陀不仅是以执法刚正著称的法官,而且是一位艺术造诣深厚的诗人。郁达夫说:"长兄所习的虽是法律,毕生从事的,虽系干燥的刑法判例;但他的天性,却是倾向于艺术的。他闲时作淡墨山水,很有我们乡贤董文恪公(董邦达)的气派,而写下来的诗,则又细腻工稳,有些似晚唐,有些像北宋人的名句。"

殉难之前，郁曼陀曾给夫人陈碧岑写过一首诗："劫馀画稿未全删，历历亭台忆故关。烟影点成浓淡树，夕阳皴出深浅山。投荒竟向他乡老，多难安容吾辈闲。江上秋风阻归棹，与君何日得开颜。"诗句清丽，情意深沉。"多难安容我辈闲"一语，表达了他忧国忧民的心志。他在上海租界法院，曾对廖承志、田汉等被捕进步人士竭力帮助和营救。郭沫若后来在为郁曼陀撰写的碑铭中说："先生持法平而守己刚正，有投书以死相威胁者，先生不为所动，爱国青年之得庇护以存活者甚众。"

郁曼陀遭到敌人的卑鄙暗杀后，陈碧岑于悲痛之中将一件血衣保存下来，一九四七年在富阳鹳山修建了血衣冢。

鹳山形状大约像一只鹳鸟。从桂花路走到山的北麓，从"鹳尾"攀越而上，山并不高。"鹳脊"上是一条林间小道，蹒跚行去，树丛中传出了画眉的欢迎的歌。走到"鹳颈"处，东侧有缓坡小路，斜插过去，便是双烈亭和松筠别墅。松筠别墅原是郁曼陀专为奉养母亲，而修建的一处住所，当富阳县城沦陷于日军时，郁母在此绝食殉难。现在这处别墅，已经辟为郁氏兄弟事迹的陈列室。原先郁氏兄弟读书亭的遗址上，现也修建了纪念他们的双烈亭。血衣冢在双烈亭之侧，"文化大革命"中一度销毁，无知者竟在血衣冢旧址上修了厕所。后在舆论愤慨斥责下，拆除厕所，修建双烈亭，恢复了血衣冢。茅盾为双烈亭所题匾额曰："双松挺秀"；俞平伯为之所写楹联曰："劫后湖山谁作主，俊豪子弟满江东"，上联即曼陀诗句，下联为达夫诗

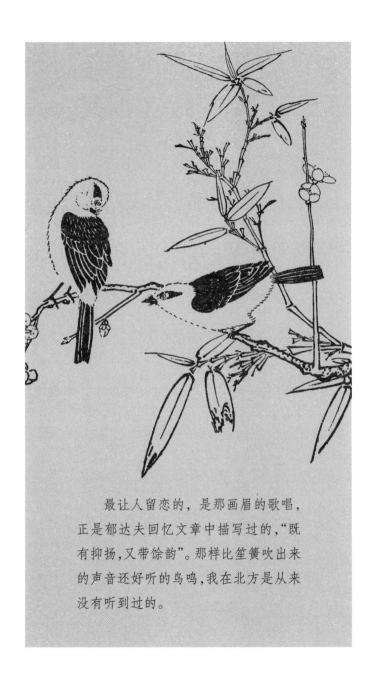

最让人留恋的，是那画眉的歌唱，正是郁达夫回忆文章中描写过的，"既有抑扬，又带馀韵"。那样比笙簧吹出来的声音还好听的鸟鸣，我在北方是从来没有听到过的。

句。陈列馆中存有郁曼陀的遗作,诗集、法学专著、书法、绘画,以及他的印章、生前用品等。正面壁上挂着的郁曼陀油画像,乃是当年上海各界为其举行追悼会之时,叶浅予以中华全国漫画家协会名义,于香港制作,寄到上海的,珍存至今,殊为难得。画像两边有日本朋友书赠的对联:"海浪扶鹏翅,天风引骥髦",是为刘禹锡的名句。

诚如这副对联所云,郁曼陀的一生如似鹏翅骥髦,在海浪天风中奋勇搏击。他的学识、修养、人格、业绩,都是光辉而卓越的。但他的名气却不如其三弟达夫。我曾在一些场合中说到郁曼陀,为了让人家明白,不得不冠以"郁达夫之大哥"之称谓。我想,法官不受重视,这是国家未臻法治的缘故。一位高尚的法官,又是烈士,却不为国人所了解和尊重,竟然一度将他的血衣冢毁弃。如果在任何一个法治国家,绝不会有这样的情形。

崇高壮烈国之英,何故堂堂借弟名?求索漫漫忧法治,至今大理被人轻。

此四句为信步间口占耳。站在松筠别墅门前,正好面对富春江。波光山影,碧绿清秀。陈碧岑在鹳山写的吊祭夫君的诗中,有"故园松菊幸有存"一句,即使人间万事变化无定,鹳山的山水花木仍然是美丽的。时在晚秋,松苍竹翠,桂花方近谢过,菊花不久就要开了。最让人留恋的,是那画眉的歌唱,正是郁达夫回忆文章中描写过的,"既有抑扬,又带馀韵"。那样比笙簧吹出来的声音还好听的鸟鸣,我在北方是从来没有听到过的。

此日乃二〇〇五年十月之末,霜降后之第七日。

温州忆旧

上中学时读了方志敏烈士遗著《可爱的中国》,曾经感动不已。书中写到中国天然风景的美丽,举出了"可以傲睨一世,令人称羡"的四处山水:雄伟的峨嵋,妩媚的西湖,幽雅的雁荡,与夫"秀丽甲天下"的桂林山水。峨嵋、西湖、桂林,我有幸看过了,惟独未能一游雁荡。一九七三年春季,因公出差到了温州,想去雁荡,种种原因而未得如愿。于是,便在我心中留下了一宗憾事。

岁月无情,人生易老,不觉之间三十二年过去了。眼看行将退休,如不抓紧机会,可能终身无缘于雁荡。此次在马鞍山参加第一届诗歌节活动,正好借机南游。先从马鞍山去南京,顺便参加董必武研究会,然后驱车杭州,于"柳岸闻莺"小住,参观西泠印社,再利用一天时间游览富阳、桐庐,行色匆匆,游心无羁,雁荡山则是最终之目的地。

那天早饭后从杭州出发,高速公路畅行无碍。中午在天台县城用餐,顺路入国清寺浏览。下午五时许,到达雁荡山。秀美的山峰上,残阳未尽,夕烟初垂。时在十一月之初,山中秋凉浸衣。银杏叶一片灿黄,梧桐叶已在悠悠飘落。导游说,雁荡山最美的是灵峰夜景。晚饭之间,天色已黑,出了餐厅,即望灵峰而去。

溪水流荡,草虫啼鸣,林间小道格外幽静。脚踏在石板上,其声铮铮。宝蓝色的天空中,缀着一颗颗宝石般的星星。一座座山峰,罩在朦朦胧胧的夜色中,幻化得绰约多姿,美人一般。导游指点着每个山峰,诸如"情人峰""双乳峰"等等,均有好听的名字。但听她娓娓道来,让人迷离惝恍,仿佛入了梦境。

其实,山水之美并不在其形貌如何,大半成分是观赏者的主观意念。许多早已被前人描述过的著名山水,今人尚未身临其境之时,即已经先有了美的意念。如我初到雁荡,方才看了夜景,却竟然如同饱赏了她的一切,多年来的心中遗憾,似乎顿时释然。

这天夜里,入住名为"雁荡山庄"的旅馆,待那些山峰夜色的影子渐渐从脑幕中消逝之后,三十多年前那次温州之行的情景,便又渐渐浮现出来。

当年我在海南岛昌江县工作。单位一同事,原籍在浙江永嘉县农村,因入党需要调取家庭出身情况证明,领导为节约人力财力起见,便趁我一九七三年春节回山西探亲时,将此事委托于我。

春节方过,天气尚寒,我告辞家人,坐火车经郑州到了上海。打问如何去往温州,才知道只有轮船可达,船票却十分紧张。住在普陀区一家旅店里,一早起来去码头排队。空中飘落着毛毛细雨,各种颜色的雨伞迂回曲折地排成了长蛇。上午八时,售票窗打开一个只能伸进一只手去的小口,钱塞进去,票塞出来。到十时许,窗上小口关闭,便有一个牌子挂出:"票已售完"。雨伞的长蛇阵虽然缩短,并未散去,人们还在等候着那个小小窗口次日重开。我木然不知所措,听了别人介绍经验,只得横下心来继续排队。

"文化大革命"期间,政治斗争如火如荼之时,却有一些聪明人私下做起了小商品生意,上海与温州之间的水路,便成为一条商贩热线。温州的渔农与手工产品携卖上海,上海的工业产品贩往温州,小商贩们穿梭不迭,造成了船票极其紧缺。想买到一张船票,需要夜以继日地排队,由前后三四人相约为互助组,轮流吃饭,轮流睡觉。这天我这个互助组商定,我负责前半夜排队,急急忙忙吃了晚饭,从旅店借了棉大衣,撑着雨伞跑到码头。到子夜十二时,赶上末班公交车回旅店睡一觉,凌晨五点再去排队,眼巴巴盯着窗上的小口,八点钟终于又打开了。拿到船票,好像范进接到了中举的报帖,发疯似地兴奋。

当天下午登船,夜航东海,翌日抵达温州。瓯江码头上岸,提篮小卖的妇女们蜂拥而来。这种情形,当年大概也只有在温州方能看得到的。我扫了一眼她们的货色,多是墨鱼干之类的水产,并无心听她们吆喝。直奔温州地区革委招待所登记住宿后,问清楚所要去的那个乡村,往返路程尚需一个整日,因而不敢耽搁,随即动身。

先乘轮渡过鸥江,自鸥北搭班车,沿楠溪江北行,进入了丘陵地带,记不住叫什么乡了,找到乡革委会时已过午时。乡革委主事者看过介绍信说,他们是个贫困乡,我要去的那个村子,一个工分才算一毛多钱。他帮我往信上加盖公章,并引至其食堂,弄来冷米饭一碗,咸虾皮少许,填饱了肚子。然后爬坡越岭,又步行一小时许。村革委干部见我汗流满面,远道而来,捧给我一大碗白开水。说明来意后,立即写好了证明材料,我怕耽误班车,不多搭讪,吞两口白水,转身告辞。

赶上了返温州的汽车,任务完成,心情便轻松起来。留意看看楠溪江畔的景色,水田有稻谷,坡上有杂粮,青山绿水,村落散布,看来还是一个可爱的地方。如此可爱的田园,怎么会那样贫困呢? 心中略有疑端。将到温州城区,再渡鸥江,船上见一对夫妻卖唱,却又使我为之一惊。

“红彤彤”的“文革”时代,人们的活动几乎都属于集体行为,文艺演出大都是“毛泽东思想宣传队”的任务。个人卖唱在那个年代是绝迹了的,也许只有温州有此特例。女人约莫三十来岁,颇有风韵,嗓子亦佳,演唱内容为《红灯记》等样板戏中的选段,中间夹唱地方曲调。男人拉一把胡琴伴奏,脚前头放一个收钱的纸盒。唱完一段,人们并不鼓掌,只是纷纷往纸盒里投些零钱,似乎生意尚好。

入住招待所后，开始为返程船票发愁，偏又下起雨来，愁云密布。披了雨衣在码头上徘徊，有人问我是否需要代买船票，原以为"狭路逢知己，他乡遇故人"，使我一阵惊喜。他捏着船票，递到我的眼上，那神情就像杨子荣让座山雕看联络图一样，奇货可居。当我弄明白他要收取"代办费"时，甚感吃惊。这种票贩子的勾当，当年尚属新鲜，大概也属于温州首创。我生怕"错过这个村再也找不着店"，便不敢犹豫，船票五元五角，多付一元。一票到手后，心中暗想，若与上海昼夜排队的情况相比，似乎这一元钱花得也值了。

行前尚有闲裕时间，便到街头游逛。从五马街转到解放街，即等于把温州城转完。商店多是个体小店，出卖银耳之类的土特产，以及皮鞋、竹器等手工制品，不像其他城市那种国营公司。同住招待所的一位旅客买过一双皮鞋，价格低廉，雨天穿出去进了水，才知道鞋底是马粪纸做的。有了此人教训，我便不敢轻易购物。

招待所旁边，有一座花木青葱的小山，名曰松台山。爬到山上向北眺望，雁荡山即在彼方。路程不远，只恨天不作美，亦无公交车直达。既已买了上海船票，行期不能更改。幽雅的雁荡呵，只能对空怅望了。

持船票去往码头的时候，仍然下着雨。两三天中的温州印象，便与鸥江江面上的雨花一起，淅淅沥沥地留在了我的记忆中。

世事茫茫，朝夕陵谷，从来让人感叹。当年未游雁荡，而今终于游了,转而一想,今日所游之雁荡,与昔日想游之雁荡,庶几相同乎? 心中不禁疑惑。

记得一九七四年"批林批孔"运动,温州成为被批判的"资本主义复辟典型",有所谓"小香港"之称。"复辟"的内容大概即是指跑上海贩货、船上卖唱、私营手工业、假皮鞋和票贩子等等。现在看来,温州人还是做对了,他们成了改革开放和市场经济的先行者。三十多年的发展,温州市现在有半数以上人口分布在全国各地和世界各国,小商小贩和小手工业者变成大老板了。据说那些用麻袋装现钞在北京购房购车,财大气粗的"山西煤老板",其中不乏温州人。温州的城市建设大约扩展了五六十倍,远远不是当年那么两条商业小街了。

看过雁荡山夜景之后,翌日又看大龙湫、小龙湫两个景点,蒲岐镇吃过午饭,然后入住"温州华侨饭店"。蒲岐是一个有名的鲨鱼加工地,东海沿岸、甚至东南亚一带渔民,打到鲨鱼都要送来这里。我不是美食家,品不出鲨鱼肉和鲜鱼翅如何味美,但我知道鲨鱼是体大而猛壮之物,温州既有一个国际性的鲨鱼加工中心,已经足以显示温州人的气魄了。华侨饭店的位置,大约即是我以前住过的招待所那个地方,却已找不见一点旧的痕迹了。五马街这条繁华商业街,已经面貌一新,大型的皮鞋专营市场尤其显赫,想必不会再有马粪纸做鞋底的伪劣商品了。

鸥江上的渡船,显然比先前往来频繁,然昔日卖唱者今已不见。彼时不曾见有的乞丐,此时却不知从何而来,上船下船都有妇孺残人伸手要钱。有一盲人在街头自唱自拉胡琴,脚腿上还绑着鼓板,演奏起来全身运动,却完全没有艺术气味。他自己摇头晃脑,似很吃力,过路人不屑一顾,委实惨然,这与当年看船上夫妇卖唱的感觉完全不同。乞丐未必是温州本地之人,但据说温州亦有许多贫困农村。贫富悬殊,社会不公的问题,如今普遍存在,温州似乎并不例外。

读方志敏《可爱的中国》,最让人激动的是文章的结语:"不错,目前的中国,固然是江山破碎,国弊民穷,但能断言,中国没有一个光明的前途呢? 不,决不会的,我们相信,中国一定有一个可赞美的光明前途。""到那时,中国的面貌将会被我们改造一新。所有的贫穷和灾荒,混乱和仇杀,饥饿和寒冷,疾病和瘟疫,迷信和愚昧,以及那慢性的杀灭中国民族的鸦片毒物, 这些等等都是帝国主义带给我们可憎的赠品, 将来也要随着帝国主义的赶走而离去中国了。"

今天看来, 革命者的理想也许可以说是部分地实现了。帝国主义被赶走,并没有使所有应该驱除的东西都予以驱除,甚至曾被一朝驱除的丑恶,又见东山再起。某些现实不免让人沮丧,而想到我们的先烈,还是应该对未来充满信心的。

鸥江中有一个风景秀美的江心屿, 东西两座古塔高高耸立。岛上有纪念谢灵运的谢公亭,纪念文天祥的文信国公祠,纪念红十三军和红军挺进师的革命纪念馆。参观了这些名胜,便会更加了解温州。温州的历史文化传统土壤厚沃,并非仅仅是一个现代商业化的城市。

但愿谢灵运诗魂永在,文天祥正气永在,烈士们英灵永在,雁荡山的幽美永在。

记于二○○五年十一月。

雪夜到京都

　　出访日本，公事既毕，最殷切的心愿，是去看富士山。早饭后，从东京乘坐旅行车，顺路游览横滨港，在元町中华街用午餐。到达富士山麓，已是下午五时，夕阳西下，晚霞横抹在积雪的山峰上。我们的车子从松林间穿过，山影、雪光、霞色在眼前跳动，心魂亦随之摇荡，沉浸于一片朦胧的美感中。下车伫望，暮色渐渐苍茫，霞光消退，云霭回绕。似将入睡的富士山，忽而显出了萧清而孤傲的神色，仿佛于人世不屑一顾。这天是二〇〇五年十二月二十二日，冬至节令。《吕氏春秋·有始》曰："冬至日行远道，周行四极，命曰玄明"。富士山从霞彩明媚中，骤然转入浑莽，也许只有在冬至这个特殊时刻才会有的，即所谓"命曰玄明"的景象吧。

　　这天夜晚，住在富士山麓、河口湖边的一家温泉酒店。早晨醒来一看,黄灿灿的朝阳中,富士山的翠蓝的山体,雪白的山峰,又是另一种迷人的风情。几个游伴兴奋不已,在河口湖畔频频摄影,然后又驱车上到半山麓"一合目"处观赏山景。外事办连处长说,他已多次陪同各种访日团队来过富士山,大多是阴雨云雾天气,惟有这一次天公作美,让我们看到了这样美不胜收的佳景。

当我们沐浴着阳光离开富士山的时候,怎么也不会想到前面会被大雪封路。预定行程,将沿高速公路前往大阪,由大阪乘班机,经韩国回国。名古屋、京都两市,都是必经之路,忽然听到两地降了大雪,令人为之震惊。旅行车上安装着卫星定位仪,图示十分清楚,高速公路确已关闭。负责我们行程安排的中山由丽女士,不停地打电话询问天气和路况,心神惴惴不安。

车到滨松市,由丽女士带我们上酒店用餐,逛超市购物,延搁至下午四时,高速公路终于可以进入了,但是仍有几十公里塞车。漫长的路,漫长的车流,前不见头,后不见尾,我们的车子被夹在中间,停顿好久,再前移一段,然后又是停顿。卫星定位仪预示,塞车时间尚有九个小时,我们须在车上过夜。

公路靠近着太平洋岸边,从车窗瞭望,可以看见无涯的铁青色的汪洋。我觉得自己仿佛漂浮在大洋的波涛之上,而这浩淼的大洋,又似与富士山归于同样的景象。昨夜枕着雪山,今宵傍着海洋,这也许是生命中注定了的经历。时逢冬至,日行远道,我亦行远道,命运应在"玄明"二字上,塞车并不觉得烦苦,反倒是一种乐趣。

车流缓缓蠕动着,到了丰桥市附近,已见暮色降临,华灯闪烁。车开进休息区暂停片刻,同伴有的上卫生间,有的购取饮料,我站在便当熟食店前,竟被那些地方小吃所吸引。一种小吃叫"手筒",标价一百五十日元,将面皮卷在圆棒上烧烤。另一种叫"御平饼",标价二百一十日元,将大米团捏成椭圆形,穿在一条木尺中间,外面涂上蜂蜜和酱料,上火烤好,趁热取来,焦香扑鼻,而且那条宽两厘米、长二十几厘米的松木条尺,带着几许木质的香味,耐人品尝。我买了"御平饼",手捏住木尺两端,边吃边上了车。因为要八分钟时间才能烤好一个,其他同伴等不及享用这种美食,车子便又上路。本想往前走一段再吃晚饭,但上路以后即被堵死,没有吃饭的机会了。

夜色中进入爱知县境内,看到了路边的残雪,空中也还时而飘着雪花。天气预报,翌日仍有降雪。我与同伴商定,此夜一定要到达京都,不然,如果夜间继续降雪,高速公路可能再度关闭。由丽女士担心我们过于疲倦,且没有吃到晚饭,建议寻找旅馆住宿,我则坚定主张前行。正当此时,果然有了好的兆头,卫星定位仪显示的塞车时间,缩短为五个小时,可知路况正在好转。

车流仍然不时停滞,让人渐生烦闷。行进越慢,反而显得时间过得很快。晚七点是国内新闻联播的时间,日本无此习惯,八点,九点,十点,时间如流,司机忽尔打开了电视,为我们解乏和调节情绪。屏幕上出现的节目,偏偏与吃饭相关,似乎故意引发我们的饥饿感。想起国内公路上塞车时,往往争相超车,挤成一团,时间稍久,难免口出怨言,附近农民便乘机穿插其间,兜售面包和鸡蛋。日本的公路上秩序井然,绝不会有人上路小卖。三车道的高速公路,行车道排着两行车子,超车道却始终空着,即使如此长时间的塞车,没有一辆车抢道超车,没有一辆车喇叭呼鸣。面对这样的文明和秩序,只得心悦诚服,吃不到面包也自无怨言了。

电视屏幕上,老渔夫网到了奇怪的水兽,他用锋利的钢刀,切割下一块块鲜肉烤吃,吃得兴味十足。水怪头上长着一只象牙般的长长的兽角,而老渔夫以前打到的另一怪类,则长着两只长角,各长一米左右。我觉得那怪兽模样,颇像传说中的虬龙。镜头转换,又出现饭店里人们大嚼牛排的情景。因为听不懂日语,只能大致臆测,似乎在解说一则关于日本继续拒绝进口美国牛肉的新闻。日本国在政治上靠拢美国,因为疯牛病的原因,民众反对进口美国牛肉,政府却也只得遵从民意,而不顾美国施压。说到民意的轻重,忽使我联想起民宅的拆迁。东京这座现代化的都市,仍然保留着成片的旧式民居,据说是居民不同意改造之故。而在我们国内,许多地方实行强制拆除民居,强制圈占耕地,即使不断引发纠纷事端,仍然可以置法律于不顾。如此看来,法治乃是民意之保障,若非法治,孰可真正为民?这是我在车上观看电视时,偶尔有所感悟。

旅行车上的电视,效果不佳,加之语言不通,画面看去似懂非懂,我只管看着,胡乱想着,别无聊赖而已。掉头一看,发现几个同伴早已呼噜入睡,只有坐在我前面一排的由丽女士没有瞌睡,我们便开始聊天。

中山由丽原是沁源县人氏,属晋东南地区,我们还算同乡。她到日本已有二十年之久,先是留学,读硕士,后被一家著名公司聘用就职,取得日本国籍。但她难以忘怀祖国,她的母亲至今住在太原,正准备春节回国探亲。她的儿子出生于日本,从小即讲日语,但这孩子仍以华裔为自豪,在学校对老师说道:"老师知道吗?我是中国人呵!"很有一种少年国士的气度。

由于小泉首相参拜靖国神社,使中日国家关系降到低谷,日本民意调查也显示出对中国友好感的下降。但我们这次在琦玉县访问,得到知事和裁判长重视和热情接待,礼仪周到,悬挂了五星红旗。可见地方和民间的交往,并不会完全被小泉这种政要人物所左右。尤其是华侨和华裔,在反对参拜靖国神社问题上,都是站在中国政府一边的。他们对祖国的热爱是真挚的,我们此次旅日所遇到的华侨华裔,包括台湾人士,无不满含热忱而溢于言表。在为祖国强盛而欢欣之同时,他们对于国内种种问题,比如市场的不规范运作,农民与地方政府的冲突,环境污染与煤矿事故频发等等,似亦了如指掌。一些人倚靠权力,取得廉价土地和矿产资源而一夜之间暴富,这在法治国家则是不大可能发生的现象。中山由丽完全靠自己的才智和奋斗,在异国市场角逐中能以立足,想必是很不容易的事情,这样的成就和人格,才是值得钦佩的。

我和由丽女士闲聊着,时间在不知不觉中向深夜零点逼近。车子在爱知大学旁边的一段公路上,停滞了整整一个小时。到名古屋还有八公里路程,卫星定位仪上用红色显示着,这是最后的一段堵塞区了。当看到电视中播映东京市民们迎接圣诞节的热闹情景之时,我对由丽说道:"你为了我们的旅行,不能和儿子一起欢度平安夜了,真是抱歉!"由丽答曰:"已经给儿子预订了圣诞礼物。孩子们想要得到什么圣诞礼品,只要打一个电话,平安夜会有圣诞老人送上门来。"从她的话中感觉到,日本儿童是幸福的,不像我们国内的孩子们,承受着那样沉重的功课负担和升学的压力。

进而使我想到,日本的现代文明,不只是呈现在单一方面,由物质而理念,似乎形成一个整体的高度。短短几天的游旅中,东京银座商业区的繁华时尚,池袋娱乐街区的现代文化氛围,浅草寺庙和老街的传统色彩,以及宁静祥和的琦玉浦和小街,都会给人以新美、整洁和安全有序的感受。现代文明的一个重要特征,即是法治文明。看来只有站在法治的基点上,才会有一种高视而阔步的境界。因而不能不让人遗憾地感觉到,故国翱翔的大鹏,至今却还缺失着一副健全的法治翅膀。

我们车子上唯一的食品,只是一包栗子。除了聊天,看电视,消磨时间之外,便是靠剥吃栗子,略充饥腹。车流终于又前进了,终于走出最后的一段堵塞,通过了名古屋市区。从名古屋到京都,还有一百五十馀公里,虽然限速,但不再死堵,目的地已经欣然可望。

直到此时,降雪的情景才看得明白。暴雪原来是降落于名古屋与京都之间,公路积雪刚刚清扫,扫雪车还见停在路旁。推到公路两侧的雪堆,好似高耸着连绵不绝的两列山脉一般。

雪景好看极了。我把两只眼睛贴在车窗上,紧紧盯着外边的景致。村镇民居的大屋顶上,尤其是那些小木屋上,白雪厚厚地覆盖着,仿佛是童话里的那种世界。有些屋檐下垂着长长的冰喇叭,雪在白天显然已经融过,而剩馀的屋顶积雪,仍有一尺馀厚。经过山麓或崖岸时,最足以看清楚积雪之深,目测约在一米左右。到了平旷的原野上,白茫茫如临极地,尤其在微茫夜色中,会给人以驰骋不尽的想象。最让人惊叹的是一片片树林,雪裹的琼枝玉叶,加上远近灯火的照耀,每株林木都好似精心装饰的圣诞树。这场雪在圣诞节之前降临,或者即是上帝的恩赐;能在这样一个夜晚旅行看雪,应该感到是我们的幸运。

凌晨二时三十分,到达京都。停车处正好是一家报纸发行站,工作人员正在分发晨报。附近只有一爿商店,还在深夜营业。饭店已停供晚餐,我们便在小商店中购买方便面代餐。

顺便买了一份报纸,头版显赫的标题便是雪情的报道。"雪阻新干线,影响二十五万人","雪压工场,屋根崩落","豪雪祸患,四人死亡","除雪之中,主妇丧身","大雪未止,恐将再降",诸如此类,消息惊人。

据说这是近三十五年以来,日本最大一次降雪。所报道各地积雪情况:福岛县只见町二百二十四厘米,岐阜县白川村二百四十一厘米,郡上市二百一十一厘米,新潟县津南町二百三十六厘米。

《读卖新闻》发一篇署名文章,题为《雪中想到道路的意义》。文中说到,一个列为世界文化遗产的古村落,在这场大雪中有超过二米二的积雪,以至通行阻塞,村庄陷于孤立状态。作者由此引发联想,假如没有道路,我们的生活将会是怎样的状况?而由于有了道路,我们的交往又是何等地便利!包括国际交往,中国与日本之间人流、物流如此频繁,也是依赖于道路的通达。直至社会的经济、文化、生活,处处需要修路。作者于是感慨地发现,"道、路、途、径"这四个汉字,是凝聚了前人的深宏的思想的。

　　读这篇文章,感觉颇多趣味,亦颇有哲理。大至国家,小至个人,都会遇到道路的问题。若从我们此次旅行的体会来看,当我们遇到道路阻塞的时候,重要的是不能丧失信心,只要目标明确,务须坚定地前进。

此地原名松树洼
——夏日散记

一 郁闷的沙尘天气

北京的沙尘春景,人们已习以为常。但今年,进入夏季了,风沙还不罢休,仍然天天呼呼地刮。五月十六日,立夏节令后的第十日,沙尘暴再次夜袭京城。翌日早晨,一出门就被黄风兜头挝来,尘土钻耳眯眼。树木在摇撼着中凄厉地嘶叫,枝叶上罩满了抖不尽的黄土。

让北京人感到惶惑的是,上个月的十六日,那场沙尘暴,是新中国建都北京几十年以来最厉害的一次,一夜之间将三十万吨黄尘倾泻于古都。相隔恰满一个月,人们像经过一个噩梦一样,尚觉惊魂未定,新的一轮袭击便又临头了。

报纸头版头条:"外蒙内蒙沙源地沙尘,今年第十三次入侵本市,今天又是五级重污染天气"。

这些天来,即使不是重污染,也是中度污染。从我五月初到京,没有见到过一次清亮的蓝天。好像得了抑郁症似的,天天就那么郁闷着。

报纸上把沙尘的责任推到外蒙内蒙古也好,可怨可恨的对象那么遥远,明知怨恨也没用,也就自解自消了。科学家的观点是:要完全消灭沙尘是不可能的。因为沙尘是自然现象,只要有足够的风力条件、天气系统和沙尘物质,沙尘天气就会出现,这些条件是不可能人为改变的。然而,人类过度放牧、过度开垦破坏了生态平衡,沙漠化加快,造成了沙尘源的扩大。科学家这么说,真是科学得很,虽然也说了人为的因素,但那是指远方的沙源地,毕竟与北京无关,北京只是受害者罢了。

新闻记者偏偏另有高见。某记者有文章曰:"相关统计数据表明,北京上空的飘尘污染,百分之四十至六十来自北京工地。而在一般风沙天气中,北京当地的沙尘物质更是占到百分之八十,成为北京风沙的主要沙尘源。此次沙尘虽然起自北京以外的地方,但北京并不完全无辜。""北京的春天风干物燥,各类建设工程都赶在这个时候'大干快上'。仅朝阳区今年春天就有在建工地一千零四十六个,当土堆不完全覆盖,大量建筑垃圾和水泥等建筑材料露天堆放,裸露地面未采取防尘措施时,极易形成扬尘污染。"

照此说来,北京的沙尘污染竟是咎由自取。这话让人不爱听。天气就够叫人烦闷了,你再说是人为的,这不是故意撩人生气吗?

但仔细一想,记者的话还是可信的。北京现在真的是一个大工地,随处都可以看到施工的场景。就说我来到中央党校这儿吧,好好的一个大校园,总是拆了修、修了拆。在校园里转一圈,就可以看到好几处挖土坑、搅水泥的工人们在忙碌。

想避开风沙,还是关在室内看书。

拉下窗帘来,静听窗外树林间的风声,仿佛江河的涛声一样。只要看不见黄尘,你就可以想象,那风有着江涛一样的清爽,是足可让人迷离销魂的。

二 清代的五园三山图

五月二十七日,到国家图书馆参观。正在举行的一个展览,名曰:"文明的守望——中华古籍特藏珍品暨保护成果展"。甲骨"四方风",大克鼎拓片,《资治通鉴》手稿残页,《史记》宋刻本,《永乐大典》内府写本等等,都是难得一见的国宝。

展品中有清光绪三十年绘制的一幅《五园三山及外三营地图》。五园即畅春园、圆明园、颐和园、静明园、静宜园;三山即万寿山、玉泉山、香山;外三营即健锐营、精捷营、火器营。图长五百六十厘米,图宽二百七十二厘米,形象画法,描绘了英法联军焚烧前的五园全景及其周围的地理概貌,包括海淀到香山一带的园林、寺庙、河湖、山峦、村落、营盘、道路、桥梁，错落有致的一幅整体风光。我粗略浏览一下，目光盯在标注着"大有庄"的方位上。这正是现在中央党校所在的位置。图上大有庄旁边，有着大片的沼泽或湖泊，名之松树洼；周边丘陵山冈，树木森森；池沼西侧的山麓，端然一座寺院，有名兴隆寺。

看过这张古地图，一片幽美明秀的景致，便仿佛浮现于眼前，既有皇家苑墅的古典气韵，又弥散着浪漫的郊野情趣。从上中学历史课时就点燃过的对英法联军的忿恨，这时又炽烈起来。若不是西洋鬼子野蛮的放火，图画中的五园三山完好保留下来，那是怎样一片任人徜徉、任人陶醉的锦绣风情呵！

我正这么仇恨着西洋鬼子的时候，突然看见《北京晚报》登出了一篇报道："圆明园谁毁的？"标题赫然而触目。这篇报道的内容，是说导演张广天正在推出的一台新剧，将对百年来圆明园沧桑巨变的幕后故事——解读。"英法联军烧了圆明园之后来又发生了什么？中国人自己对圆明园都干了什么？为什么圆明园只剩下四根柱子，大火可以把一座石头宫殿烧没吗？"这几个问号，颇为尖锐。看来还不能一味地憎恨鬼子。还有八旗兵丁、土匪地痞趁火打劫，将残存的近百座建筑物拆抢一空；还有辛亥革命后圆明园无人管理，遗物被官僚、军阀、流氓大量盗窃，多次变价拍卖；还有"文化大革命"期间，挖山填水，拆墙伐树，运走石料几十大车；还有新近曝光的《无极》剧组污染圆明园，相声演员私租圆明园孤岛，圆明园塑料防渗事件等等。这样列举起来，中国人自己之坏，真是不亚于洋人。让我忽然想起，鲁迅早先说过，"我不惮以最坏的恶意来揣度中国人的"。

鲁迅"以最坏的恶意来揣度"的，大抵是那些"正人君子"，那些"头上有各种旗帜，绣出各样好名称"的人。这种人现在也还不少，包括那些古建筑的毁坏者们。今年三月二十四日英国《泰晤士报》载文曰："在对混凝土和玻璃的热情中，北京埋葬着它自己的历史"。正是这些"埋葬历史"的人们，却又高扬着弘扬传统的旗帜，不断地制造和装潢着假的古董。

某日有朋友相约晚饭，车子开出很远。问去何地，答曰去香河，有"天下第一城"。香河我是知道的，上大学时下乡劳动，曾到香河插秧，那里有着肥美的水田。而今水田何在？大概已被"圈地运动"圈去了。所谓"天下第一城"，即是复制的北京城，高高的城墙和东直门、西直门、阜成门、朝阳门等等，无非是一批假古董。

鲁迅当年批评"整理国故"时，曾经说过，"我总不相信在旧马褂未曾洗净叠好之前，便不能做一件新马褂"。现在的人似乎比先前更加古怪，把旧马褂搞坏抛掉，然后照着旧马褂的样子，做起一件一件的仿旧马褂来了。

读鲁迅的《热风》，在《所谓"国学"》一篇中，又看到这样的话："商人遗老们的印书是书籍的古董化，其置重不在书籍而在古董。遗老有钱，或者也不过聊以自娱罢了，而商人便大吹大擂的借此获利。"这里一语道破，使人明白了，现在搞假古董的人，都不过是"借此获利"而已。

读书虽然让人明白道理，却也增添烦恼。还是不读书不看报的好，少动脑子，活得轻松。自从六月中旬足球世界杯开赛，许多人就着迷于看电视了。当然不必真懂足球，看热闹也好。早晨上体育课，学太极拳的人寥寥无几，体育老师解嘲说："学员们早晨起不来，是因为夜里看世界杯了吧。"

三　寻觅松树洼遗痕

中央党校的西围墙内，是长长的一道隆起的土丘。二十年前我第一次入校学习时，记得山丘上就是布满了林木的。半坡树林间，有一条自然弯曲的小路，我时常在那儿散步或小跑。十二年前我第二次入校学习时，山丘林木如故，依然常在那儿散步，只是不再小跑。现在经过整修，自然小路变成了石块铺砌的台阶。树木重新植过，仍以松树为多，也许和昔日的松树洼有所因袭。我自从参观过国家图书馆，看过那张光绪年间的地图之后，时而登上山丘四望，总想寻找一些历史的遗迹。

与围墙以内的山丘相望，围墙外不远亦有山峦，中间隔着河道，即是从密云水库引水入京而开掘的人工河。以前从党校西门出去，跨过河上的石桥，便可以爬山了。那些小山峦应该是香山或是玉泉山的绵延，我以为若不是挖河隔断，应该是和围墙内的山丘连接着的。山峦旁边的村镇名叫青龙桥，以前除了爬山，在河岸上或小镇街道上闲逛也很有趣。

光绪地图上的兴隆寺，已经圮废不存，旧址大概就在现在的青龙桥。图上所画桥梁甚详,包括西直门外的高亮桥,到颐和园中的绣绮桥,却没有找见青龙桥。我因此猜测,"青龙"这个名称,或许是由"兴隆"的谐音演变而来的。

现在党校的西门,已被封闭起来,不但不能出门爬山,而且,整个青龙桥那一片地方,也被饭店和商贩们弄得混乱不堪了。导游们把颐和园的游客拉到青龙桥吃饭、购物,车辆挤做一堆,灰尘弥漫,声杂噪耳。且不说清代是怎样的幽雅了,就说我前两次来党校学习的时候,此地也还饶有风致,仅仅一二十年时间,自然风光竟被一扫而空,整个环境被种种有形和无形的垃圾污染无馀了。

松树洼的湖沼,从古图上看,似比党校的整个校园还要大出许多。现在校园当中的水池,或许就是那个古湖沼的部分遗留。我前两次在此学习时,水池还是个自然模样。现在经过修理,挖出了一道环绕大半校园的河渠,池中半岛上修建了仿古庭院,沿着河渠并建有亭台楼阁和拱桥。有人赞许校园的变化,以为越建越美,我倒觉得人工修建得越多,自然失去得越多,自然才是真正的美。中央党校是个纯正的地方,大概扯不上"借此获利",然而,假古董无论放到哪里,假的总是假的。

大有庄在光绪地图上标志显著,当时应该是一处较大的村落。这个地名虽然幸存着,却也名存实亡。党校东围墙外的胡同里,住着一些老户,不知还有没有清代的遗民。与一二十年前相比,建筑物成倍增加,包括宿舍楼、超级市场和五环路的高架桥,耕种的土地肯定是完全消失

　　大有庄当初是怎样一个田园肥沃，
瓜果流香，粮粟充盈，民生康乐的好地
方呵！无力抗拒的是，现代社会正以饕
餮的胃口和旋风的速度，吞噬着土地，
消灭着农耕社会的田园风光。

了。大有即是丰收,《谷梁传》曰:"五谷大熟,为大有年。"我想,大有庄当初是怎样一个田园肥沃,瓜果流香,粮粟充盈,民生康乐的好地方呵! 无力抗拒的是,现代社会正以饕餮的胃口和旋风的速度,大片大片地吞噬着土地,消灭着农耕社会的田园风光。

这次来党校学习的任务,是学员们结合成若干课题组,做一些专题研究。我所参加的小组,研究课题即是土地问题。国家要求严格保护基本农田,但在我们的调查中,深感地方上开发占地的欲望难以抑制。楼堂馆所、寺庙景观、高速公路、高尔夫球场,都在千方百计挤占耕地,相形之下,法律则愈见软弱无能。怎能不让人担忧呢? 市场化、城市化,潮流滚滚,难道所有的大有庄,都将会面对灭亡之灾吗? 大有庄的田园风光,令人怀恋呵!

四 雷阵雨伴随消夏

六月二十八日晚上,中央民族乐团来党校演出,我看到谢幕。出了礼堂大厅,才知道下着倾盆大雨。人们挤在大厅里,等了一刻多钟,雨却越下越大。服务员送过伞来,我撑着伞往宿舍楼走,马路上积水深过脚面,鞋袜湿透。

演出的节目尚好,如阮咸演奏,这种古老器乐能有传人,洵可欣慰。古典器乐类乎古典诗词,属于传统文化的最佳坚守者。虽然淋了雨,音乐的印象并未冲淡。

炎季多雨,其实是幸运的。进入七月,正值气温最高的时候,每天有雷雨光顾,扫去炎热沉闷,时时送来清爽。

此地原名松树洼

你看十二日报纸上的天气消息，好像每一行文字都是眉开眼笑的：

"雷阵雨青睐北京城。本月连续出现雷雨天气，尤其八日、九日后半夜，雨势极强。今天傍晚前后仍会有雷阵雨光临。明天天气形势，继续有利于阵雨形成。专家介绍，贝加尔湖西部地区一直存在着一股冷空气，而在其南部同时存在着强盛的暖湿空气，致使冷空气只能小股扩散，陆续南下，将阵雨天气频频带到北京。"

但据专家介绍，北京的年降水量不过是五百多毫米，缺水问题日趋严重。永定河、潮白河作为两大主要水系，多年断流，河道沙积。地下水过度开采，水位持续下降，例如公主坟地下岩层，水已抽干。我们的首都，不同于华盛顿和堪培拉，不仅是政治的中心，而且是一切的中心。全国万种事业的核心职能，齐集于北京。每天都有数百万流动人口，向中心涌聚。随着奥运会逼近，还将接待万国宾客。用水的奢侈是难以节制的，即使多下几场雨，仍然是盈不抵亏。

水利部的专家到党校来讲课，主题为"建立节水型社会"。全国范围内，据说有六百二十座城市缺水，有三亿二的农村人口饮水不安全。北方地区有河皆干，有水皆污。南方水源，亦多污染。不仅是缺水区需要控制用量，丰水区也亟待节水，控制排污权。用水越多，意味着水源污染越多。专家描绘的节水方案，包括水权管控，用水配给，超标用水高收费，无一不是良策。问题是纸上谈兵容易，谁来真正实行？

两个月来,听了多个领域的专家报告,无论实行情况如何,高谈阔论亦可增长见识。遗憾的是学期短促,结业的日子不觉到来。入校的时候,树木已满身披绿,现在依然那样绿着,时光却并没有在绿叶上停滞。

　　阵雨初霁,树木间的空气嫩嫩的,鸟鸣脆脆的。我就要离去了,而这些鸟们,它们不会离去。这里是它们的家呵!这些鸟类一定是世世代代住在这里,这里还叫松树洼的时候,它们的祖先就栖息于斯了。松树洼是被人类破坏了的,人类无休无止地破坏着自然,所以人类永远找不到幸福。鸟类是幸福的,因为它们与大自然和谐如一。

　　我聆听着鸟鸣,在树木间徘徊。让惜别的心情,随着枝叶上的轻风,慢悠悠地散去。

　　记于二○○六年六月,夏至前五日。

莱茵河　塞纳河　台伯河

一　莱茵河的话题:伟大的马克思

法兰克福的早晨,灰色的天空不时地飘着细雨,让人明显地感觉到了初冬的寒意。我们的旅馆在火车站附近。历经百年沧桑的站前门楼仍很壮观,但乘客寥然,在这个阴郁的清晨愈显冷清。这里火车站的繁忙情景,曾经出现在过去的电影中, 如今它失去了昔日盛况, 当然是与航空、高速公路和汽车工业的发达有关。我们在车站内外大致转了一圈, 即与它告别。司机小林开来一辆九座"奔驰",说要沿着莱茵河旅行。莱茵河不仅以风光秀丽而遐迩闻名,而且,它在欧洲是一条具有不平凡的历史意义和文化传统的河流。行程的安排使我倍感兴奋。

驶出法兰克福不远,到了莱茵河畔。这条发源于阿尔卑斯山的大河,上游经过瑞士博登湖,然后折向北流,蜿蜒构成法国与德国的界河。到了中段,河床变窄,流速增加,幽深峡谷,壮美可观处甚多。我们正是来到了这一景色佳丽的河段,雨霁云晴,温煦的阳光漫洒在河上。两岸坡地上绵连着望不到头的葡萄园,虽已过了收获季节,整齐的田畦仍如画图一般。如果逢上绿叶盖野,葡萄初挂的夏季,那种艳阳照耀下的景致该是多么迷人!

沿河的陡峭山冈上,可以看到多处古城堡遗址。登上古堡眺望,宛转北流的莱茵河碧波荡漾,时有轮船穿行其中。漫坡的葡萄园,临河的小村镇,与澄清纯蓝的天空交相辉映,仿佛是我曾经欣赏过的一帧油画,想不起是哪位画家的作品,倏尔间,我却想到了马克思。

在弗·梅林所著《马克思传》中,说到马克思早年所写的抨击莱茵省议会的文章时,有过这样一句耐人寻味的话:"马克思在这篇文章的一处地方,谈到了他的故乡的温和宜人的气候,而这篇论议会的文章,至今还闪耀着莱茵河两岸满是葡萄园的丘陵上的夏阳的光辉。"

我对莱茵河的最初了解,正是来自于关于马克思的书籍。在我酷爱读书的学生时代,马克思曾是我崇拜的伟人之一。他秉有多方面的天才,熟读莎士比亚、巴尔扎克诸多文学名著,能够背诵海涅和歌德的诗歌。他的经典的理论著作,运用了生动而优美的文学语言。

马克思的故乡在莱茵省的特利尔。流经特利尔的摩泽尔河,是莱茵河的一条支流。马克思在故乡读完中学,进入莱茵河畔的波恩大学,二十四岁时他已成为《莱茵报》的主编。之后经过巴黎和布鲁塞尔的数年流寓，又同恩格斯一起回到德国，创办著名的《新莱茵报》。马克思让这份报纸，日益炽烈地燃烧起了社会主义革命的火焰，因而他被控以"煽动叛乱"罪，在科伦陪审法庭出庭受审。由此可知，马克思的革命生涯，与莱茵河有着亲密的关系。今天我们走在河畔上，仿佛感觉到自己的足下，正在踩着伟人的隐约的足迹。

然而，当今的旅游，并没有把马克思的遗迹作为景点。导游乐于向游客介绍的，只是那些古老的城堡。顺着公路边石头铺砌的坡道攀行而上，穿过一道拱形的外城门，到了高耸的堡墙下。门口装有吊桥，很像中国古代城门的设置。里面有碉堡式的，或是尖塔顶教堂式的建筑，也有宫廷和住宅的平房。山头之堡，面积不会很大，现在都成为小型的博物馆了。昔日主人的堂皇冠盖、起居用品，以及卫士的盔甲武具，般般古物，陈列有序。可以想见当时葡萄园的庄园主们，俨然即是各自为政的小的公国。

行车至中午，抵达科布伦茨市，在中餐馆用饭后，略观市容。该市位于摩泽尔河汇入莱茵河的河口处，运河穿越市区，有似中国江南的小桥流水的风光。这里的一处著名古迹，即是威廉一世骑着战马的雕像。雕像矗立在宏大的方形塔座上，威廉一世旁边并倚着展翅的女神，总高三四十米，气势甚感威壮。

德国的历史上，曾经分据着许多的大小公国和诸侯。直到十九世纪后期，在普鲁士国王威廉一世的手上，始建了统一的德国意志帝国。这位帝王因而被尊为开基立国的显赫人物。我们在寒瑟的晚风中登上台阶，绕着雕像瞻仰。为何把帝王塑像与女神配在一起，使我不甚明白，亦不知是哪位雕塑家的杰作。

威廉一世继承王位之前，曾任莱茵兰省总督，驻节科布伦茨，他在这里大概颇得威望。但十九世纪是欧洲革命风起云涌的时代，德国皇帝却是充当了镇压革命的反动角色的。正是在这个时期中，马克思为了无产阶级的解放，于艰难困顿中，毫无动摇地担负起了普罗米修斯式的殉道者的事业。若与伟大的马克思相比，威廉一世也许是渺小的。莱茵河畔，难道不应该高耸着马克思的雕像吗？无奈在当今缤纷喧闹的世界中，一切伟大的学说和真理，似乎进入了一个最寂寞的时期。

离开科布伦次，驱车去往科隆。科隆作为莱茵兰地区的历史文化和经济中心，也曾经是马克思从事革命活动的重要基地。他在这里受到审判的时候，当庭发表了一篇充满激情的辉煌演说，结果粉碎了检察官的指控，陪审团欣然作出被告人无罪的宣告。当年的法庭大概已不复存在，科隆曾在第二次世界大战中遭受空袭。包括著名的科隆大教堂，也在空袭中受到破坏。

现在我们看到的大教堂，是一座双尖塔并立的哥特式建筑，大约为战后所复修。恰逢晚祷时分，大殿内数十排位置上人皆肃立。正在祭坛上诵经的神父，将双手朝上展开，如似飞翔的姿势。教堂的钟声在空中回响着，暮色渐渐浓重。横跨在莱茵河上的多座大桥形态各异，灯火齐辉，与大教堂的岿然塔影，一起构成了科隆的画面。

我们回味着一天的旅程,度过了科隆之夜。翌日继续沿着河岸北行,进入荷兰境内。

　　属于荷兰国的鹿特丹,坐落在莱茵河入海的河口处。我们的司机小林的家,便是住在这个滨海的城市里。他的母亲林湄,是一位著名作家。小林带我们登门拜访,聆听女作家讲述她的坎坷经历和写作生涯。移居荷兰之前,林湄曾是中国新闻社香港分社的记者。出国后专意于写作,前年出版长篇小说《天望》,现在又进入了另一部长篇的构思。她讲到她的新作,将会探讨科学技术发展能否改变人性,这样一个哲理和文化内涵深邃的问题。于海外从事华文写作,是一种非常寂寞的事业,但她以悲悯人生、超越现实、虔诚信仰为精神家园,充满自信地坚守着。

　　听着林湄像小河流水一样的叙谈,竟使我又倏然想到了马克思。我们时常忿忿然于某些马克思主义的党徒们如何丢失和背叛了信仰,而在这里让人感触的却是另外一种问题。被称颂为母亲的党和祖国,是不应该遗弃自己的忠诚儿女的。林湄虽因一时不得已而去国,她的话语中强烈地流露出对祖国的怀恋,以至对自己曾经尽忠过的事业的怀恋。我作为一个同龄人,接受过同样的教育,经历过同样的时代风云,对于她的心情是完全理解的。

　　莱茵河下游流经荷兰境内的一段,在地图上标名为莱克河。这条河从鹿特丹市区穿过,它舒缓地流动着。金黄的树叶飘落在河面上,但这并不会遮掩河水的清亮。河水像一位伟大哲人的眼睛,它阅尽了人间的往事,依然还在观望着世界的未来。

二 塞纳河的话题:经典的人权宣言

我们这次短暂的欧洲之旅,主访是荷兰。先在荷兰北部的格罗宁根省法院,由卫·道特梅尔大法官陪同,进行业务交流,旁听开庭审判,然后参观阿姆斯特丹和海牙国际法院。从海牙经布鲁塞尔,到了巴黎。

在巴黎停留的时间仅有两天,游览埃菲尔铁塔、凡尔赛宫、凯旋门、协和广场、罗浮宫等处名胜,匆匆过目而已。但是对法国和巴黎的了解,以前从各种书籍中读到很多,尽管是短短两天走马看花的印象,却容易和脑海中旧有的知识糅合起来,由此而形成的感受,大抵可以言之有物了。

从布鲁塞尔开车往巴黎,三百馀公里,预计两个半小时可达。不料途中下雨,塞车,下午四时从布鲁塞尔出发,中间在国界处稍事休息,晚八时方抵巴黎市区。

第一印象,便是巴黎的夜景很美。柔和的各色灯辉,把那些古典的建筑、雕塑和街边的树木,勾画得或明,或暗,或闪烁,或朦胧,美丽中带着些醉意。车从桥上驶过的时候,灯影里的塞纳河的绮靡水波,似有着琥珀般的莹润色泽,眼帘被那色泽倏然映射的瞬间,不禁有一种"惊艳"的感觉。

用过晚餐,复出街头赏味。辉耀夜空的埃菲尔铁塔,金光四射,彩波跳跃,那种变化无穷的奇妙和空灵,若是仰望久之,便会有飘然登仙的幻思。我们在铁塔下的广场上流连良久，直至夜寒袭衣，雨滴洒面，才返身离去。

是夜入住十三区的一家四星酒店，白天再次来到了铁塔下。加入游客队伍，乘电梯而上，在玻璃围罩着铁塔高层，可以俯瞰巴黎全城。朝南面望去，正好对着塞纳河，街衢整洁，绿树丛丛，宽阔的河水摇荡于其间。

为举办法国革命一百周年博览会，而于一八八九年修建了这座铁塔。当时作为一项空前未有的离奇设计，曾经遭到质疑和从美学理念上的反对。原来只是作为临时性的建筑，精心构制的结果，却使它获得共同认可，不仅得以最终保留，并且成为了巴黎的标志性建筑。

铁塔建成至今已经一百多年，亦即意味着法国革命已经两百多年。来到巴黎，登上铁塔，不能不对那次大革命有所追想。因为它的历史意义，不仅是法国的，而且是世界的。经典性的"人权宣言"，光色并未消退，仿佛是在铁塔顶端高高飘扬着的一面旌帜。

当我们从巴士底狱旁边走过的时刻，自然联想到一七八九年七月十四日，这个永远铭刻在世界史上的日子。古老的监狱，故迹俨然，而当时攻克这座碉堡监狱的人民群众，曾经是怎样地奋勇！正是他们的壮举，开辟了人类的新的历史。

暴力革命从来伴随着腥风血雨。欧洲各国的专制君主和贵族们，企图扑灭法国革命点燃的烈火，曾经一齐来帮助路易十六复辟。被激怒了的巴黎民众，屠杀了两千个保皇党囚犯，路易十六亦被斩首。终于在革命家、法律家、卢梭思想追随者罗伯斯比尔的手上，让胜利成果变成了一部民主的法国宪法。虽然罗伯斯比尔及其党人,在后来的"热月政变"中亦被处决,而在法国人的头顶上,迄今仍然闪烁着那部宪法的光环。

凯旋门对面,即是协和广场,来自埃及的卢克瑟尔方尖塔,巍然挺立在广场上。过去在这个广场上,曾经安置有断头台,据说在两根直立柱子中间,架着可以起落的沉重的铡刀,即是专用以执行死刑的机器。路易十六和他的保皇党羽,便是在这里被斩杀。我们今天漫步在这个安详的广场上,只是轻松地讲述着似已非常遥远的故事,怎么可以想象两千多人被杀戮,那曾是如何一种血流满地的恐怖的情景!

巴黎近代史上的另一场大流血,是一次性质不同而更为残酷的屠杀。一八七一年巴黎公社失败后,两万名工人惨死在政府军的屠刀下。我们没有安排"巴黎公社墙"的参观,那处遗址应当犹在。我以前读过咏叹巴黎公社的诗歌,知道那里的石竹花非常鲜艳。

凡尔赛宫作为法国国王的皇宫和政府所在地,前后达一百多年。巴黎公社被镇压数年之后,第三共和国政府才由凡尔赛迁到了巴黎。大致也是从那时以后,这个国家才算是淌着血泊,走向了共和。虽然在"人权宣言"的旗帜下,依然发生过可悲的暴行和血腥事件,自由和民主的原则毕竟得以确立。而今的凡尔赛宫,像北京的故宫一样,已经完全成为历史的陈迹。到这里来游览,仍然可以看到封建专制时代帝王的显赫、华贵和奢侈。至于那些雕塑、绘画和建筑的艺术,它们沉淀着厚重的历史文化,当然是另外一种的特殊价值。

从凡尔赛宫参观出来，正当夕阳西下。绿茵茵的草地，黄灿灿的树林，连接着浅蓝色的山冈和云天，桔红色的夕晖倾斜着涂洒过来，作成了一幅妙美的水彩画。尤其是抛落在湖水中的那道明晖，恰好是这幅艺术杰作的点睛之笔。当我们离开凡尔赛，乘车回到巴黎市区之时，塞纳河中将要收去最后的一抹馀晖，夕阳在苍茫中的一瞬流盼，又是别一种的倩然情味。

艺术家的灵感，原是来自于大自然；思想家的智慧，也是来自于大自然。美丽的塞纳河呵，曾经伴随过许多卓越的思想家和艺术家的身影。莫里哀、雨果、司汤达、巴尔扎克、左拉、莫泊桑、罗曼·罗兰，这些我们熟悉的名字，他们的创作与他们的思想，也都和塞纳河一样，成为巴黎的永远的风景。令人追怀和仰慕的巨人，还有孟德斯鸠和卢梭，自由、平等和法治的理念，即是从他们的著作中迸放出来的耀眼火花。

法国大革命爆发的年代，清朝的乾隆皇帝还在游山玩水，还在到处作诗以粉饰盛世。孟德斯鸠的《法的精神》发表一百五十年之后，近代思想家严复才将这部启蒙著作翻译成中文。直至现在，建设社会主义法治国家和保障人权的文字，终于写入了中国的宪法之中。由此乃知思想文化的传导，竟然是一个如此漫长而曲折的过程！

据雨果小说《巴黎圣母院》和《悲惨世界》所改编的电影，是我们国内观众所熟知的。雨果所经历的历史，正是法国走向共和的历史进程中，斗争极其剧烈的时刻。他因为支持共和、反对帝国,曾被驱逐出境。他也曾发表宣言,声援巴黎公社的起义。由于博爱和民主的精神,而使他的著作弥漫着一种史诗气氛。

巴黎圣母院峙立于塞纳河中的西堤岛上,教堂前的宽阔的广场,足可供众多游人自由地徜徉。左右钟楼,没有像别的哥特式教堂的那种尖塔。并立三门的尖拱和楣壁上,布满了精致的雕刻。中门是所谓审判主门,雕刻着耶稣被最后审判的情状。从中门进去,从一片烛光中走过,大堂上正在进行弥撒。昏黄的光线中,正面祭坛和四壁的雕饰,发出昏黄的幽光,却也可以感觉出它们的典雅和神圣。

从教堂出来,越过塞纳河再回首遥看,包括后部圆室的整个圣母院,在视线中显得更为轮廓完整。烟桥绿漪和浓翠的林木,映衬出一幅富于神秘感的静穆的风景。

塞纳河有幸与巴黎圣母院相遇,有幸与雨果相遇。塞纳河借助于文豪巨笔,吐诉尽了世界的悲惨。也许只是在这世界历尽悲惨之后,人类始能走向理性。请听那塞纳河的流水呵,仿佛还在朗诵着"人权宣言"中的警句:"人们生来是,而且始终是,自由平等的。"

三　台伯河的话题:神圣的法治之光

发源于亚平宁山脉西麓的台伯河,穿越过陡峡和平谷,奔荡而下,注入了地中海。罗马这座具有两千五百年文明历史的古都,即是建立于台伯河下游的两岸。台伯河两岸大自然的美丽，蔬菜园圃和农庄的富饶，由于水量富足和河道宽敞而得天独厚的航运繁荣，这一切孕育了古罗马文明。

到过罗马的游客，都说罗马城整个是一所露天的博物馆。它保存了规模宏盛的大量文物古迹，包括纪元前古罗马共和国时期，鼎盛的罗马帝国时期，以及中世纪到文艺复兴时期的古典建筑和雕塑。经历了将近两千年风吹雨打的斗兽场，椭圆状的高达五十米的外墙仍然屹立着，兴味十足地迎接着频繁造访的远方客人，讲述着战争与和平交替的漫长的故事。据说原来是一个可以容纳八万之众的露天剧场，当年勇士与猛兽的每一场搏斗，都会在一片疯狂的叫喊声中鲜血四射。我们现在很难理解古代人的恣意疯狂的娱乐情绪，而斗兽场遗迹的壮阔气概，却是使我们现代人亦为之震撼的。

当然不止是斗兽场一处，还有更多的古罗马废墟，更多的宫殿、神庙、教堂、广场、喷泉、方尖碑和凯旋门，仿佛珍宝展览的帷幕徐徐拉开，让你不停地发出一声声惊叹。万神庙是完整保存下来的一处古典建筑，内外壁龛中布满了神像和英雄雕塑，富丽堂皇之间散逸着醇古的神韵。尤其是大殿的圆顶中间洞开一个小孔，阳光粲然而入，据说教堂中的祈祷便可以由此直上天庭。科斯梅丁玛利亚教堂，是中世纪的建筑瑰宝，称之为"真言口"者，即是教堂前廊倚壁而存的一个大理石雕刻面具。相传若将手伸入"真言口"中，撒谎的人便会拔不出来。到这里来排队照相、试手的人络绎不绝，对这个古老的神物似信非信，已经成为今人的一种怀古乐趣。

我们从巴黎飞抵罗马,下榻酒店便在台伯河畔的古城中心地段。置身于这般的露天博物馆中,不禁时时联想起国内文化古迹遭受摧残的情形。对比之下,让人觉得北京算得上什么古都,不就剩下故宫红墙以内那一小块了吗?为什么罗马人连每一段残垣断墙都要原样保护起来,而我们的古建筑却不停地被大肆拆毁呢?我想,这大概与国家文化教育的差异有关,与宗教和人文传统有关,也与法律理念有关吧!我国制定了文物保护法,也有土地管理和建设规划法规,但在许多情况下法律形同虚设。人治社会中,文物古迹遭遇厄运,亦如土地矿藏资源遭遇破坏一样,都是难以避免的。那些好大喜功、而又缺少文化修养的长官们,总是要运用手中权力,按照他们愚蠢的想法,专横跋扈地推进那种高密度大厦、多车道马路和现代最大广场的建设。其结果必使所有的城市失去文化,失去个性,失去历史。而这种极其可悲的事情,几乎每天都在继续上演着。

罗马法律和罗马古城一样,都是罗马人的骄傲。早在公元前五世纪,《十二铜表法》即在古罗马发布。相当于中国南北朝时期的东罗马帝国,已经编纂了《国法大全》,形成完备的法律体系。那个时代的罗马法,已确认公民权,确认自由民在法律上的平等权利,显示着理性和人道。罗马人不愧是古代伟大的法律制定者。他们的法典影响了整个欧洲,形成近代法律制度的基础。尽管罗马国家的政治制度屡经变迁,罗马人的法律意识是植养于深厚土壤中的。罗马古城自然会由此受益,自然会得到理性和法律的良好呵护。

初到罗马时,导游张女士特意告诫我们提防抢劫和小偷。每到停车处,让我们把物品随身带好,车上一个小包不留。据说车上有包会招来抢劫者,他们用一种强力喷射枪,可以迅速把车窗玻璃打得粉碎。幸好我们没有碰上不良行为,所住酒店也感觉尚且安全。适逢星期日,我们来到"西班牙广场"这个热闹非凡的地方。又高又宽的台阶上坐满了休闲的人们,或戏嬉,或默坐,或是细声地交谈着。只见其中有老人,有少儿,有游玩的伙伴,有相拥的恋人,也有怀抱婴孩的母亲。石阶脚下有"破石船"喷泉,石阶顶端是"圣三山"教堂。广场的一边停立着驾驭古式篷车的马匹,另一边街角处却有挂着篮子讨钱的小狗。人们都很悠闲,似乎不像张女士描绘得那么让人紧张。

在威尼斯广场,却遇上了一些混乱情形。那是一支青少年的游行队伍,乱纷纷穿街而过,并且抛撒着传单之类。张女士又忠告说:"这里的孩子很坏,不要理睬他们。"这使我联想到,在布鲁塞尔也曾遇过游行的孩子。那时我们正在广场上对着纪念碑拍照,那些孩子凑过来,呼啦一声都把自己的裤子扒下,撅起光腚让你照。我们不晓得欧洲的青少年,是不是都这样无拘无束。

在荷兰讨论青少年犯罪问题时,当地的法官们都认为,犯罪低龄化和恶性化是一种普遍趋向。但欧洲人并不赞成严刑峻罚,他们绝不采取严打斗争的方式。他们对法律功能的理解,更为注重于人权的保障。尽管面对着犯罪问题的挑战,法官们始终恪守着法治原则和人道精神。据媒体报道，罗马面对旅游兴旺和多元文化带来的社会压力,正在社区推行"社会调解项目",以求通过人文主义方式,保障城市的清洁和安全。

女作家林湄对欧洲了解甚深。她曾经写道:这是一块放浪形骸的土地,却又是一块讲究人道文明的土地。

罗马法院大厦矗立在台伯河畔。这是一座典型的罗马建筑,隽伟而庄严。大厦顶端的雕塑,是胜利女神驾驭着四匹骏马,以下三层的前壁、檐牙、窗楣、拱门、廊柱亦各有精雕细刻,而又组合得浑然一体。大门两侧的塑像,和嵌在二层窗户上端的那些头像,大约是值得纪念的法学家们。古罗马杰出的思想家西塞罗说过:"法律是最高的理性。"我们于大厦前面观瞻良久,仿佛即是在阅读一部经典,即是在品味西塞罗那句名言的深刻含意。

梵蒂冈城的游览,是我们旅欧的最后一站。这天上午,灰色的天空飘洒着细碎的雨点。因为有教皇会见意大利总统的公务活动,游人被挡在了围栏之外。我们只好先到商店购物,俟看时间。中午十二时左右,再次来到圣彼得广场,教皇与总统的会见方才开始。其时天空豁然晴朗,明灿的阳光倾泻在宽阔的广场上。碧蓝的晴空和教堂的天蓝色圆顶上下映照着,似乎融溶成了一种异常崇高的天象。悬在大教堂前的屏幕上,清楚地播放着里面的情景。华丽的大厅中,参加会见仪式的约有三四十人,从相互致词,到教皇和总统逐一接见在场人士,整个过程彬彬有礼而并不拘谨。随后便有礼仪乐队和卫队,恭谨排列于

河流就是母亲，就是历史，就是文化，就是美丽。令人沮丧的是，滋养了我们中华文化的一条一条的河流呵，她们似乎正在消逝着。不是干涸，便是污染……

行 道 集

教堂中门外面,教皇陪总统徐步而行,踩着红地毯走下台阶,告辞后分别登车,这时已经是下午一时。

我们就近用过午饭,梵蒂冈城的参观入口正好开放。来自世界各地的观光游客,排成了密集而漫长的队伍。虽然等待了一些时间,终于让我们踏进了圣彼得大教堂的神秘之门。

西塞罗的自然法理论,曾经作过这样的表述:理性和法律是人和上帝所共同具有的。古罗马人的法律观和他们的宗教观融会在一起,他们把法律看成是"上帝的一贯意志"。看了他们的教堂,看了他们的法院,让人觉得这两种场所,具有同样的神圣。理念和信仰也和那些雕刻艺术一样,已经恒久地凝固在了石头上。

告别了梵蒂冈,告别了罗马,登上了回国的飞机。眼前依然映现着古典的石头雕刻,依然闪动着台伯河的波光。

我忽而想到,世界上著名的城市都建筑在河流之滨,古代文明的发源地都在河川流域。河流就是母亲,就是历史,就是文化,就是美丽。

令人沮丧的是,滋养了我们中华文化的一条一条的河流呵,她们似乎正在消逝着,不是干涸,便是污染,媒体称,"长江成了最大的排污沟"。节水和保护生态的法律,却遭到漠视而若如敝帚。

意大利是一个干燥少雨之国,台伯河却能够保持它的富水和清纯的品质。在罗马即使是有限的工业,也都一律地置之于城市之外。这里的自然环境,和文化古迹是同样幸运的,理性和法治对它们进行了细心的爱惜和保护。回望台伯河,涵映在她的波光中的,正是神圣的法治之光。

　　时在二〇〇六年十一月,回国后记。

九曲竹筏歌

　　海峡诗词笔会在福建龙岩举行。台湾有三十多位诗人过海来参会，且携诗作甚多。台湾师大文幸福先生《无益诗近稿》中，有《游武夷九曲，步朱子棹歌原玉》绝句十首，并有《游韩国武屹九曲》十首，亦用朱熹原韵。读其诗，始知韩国有一处叫武屹九曲的风景，但不知其与福建武夷山的九曲溪有何关涉。数年前我曾过访韩国，当时不知武屹九曲之名，未得一游，已成憾事。而至于武夷山的九曲溪，往游并无不便，苏东坡说："何尝有此乐，将去复徘徊！"龙岩笔会结束，我即准备上山。

　　随笔会安排，曾从龙岩到了长汀、上杭，访览过著名的古田会议、瞿秋白被捕与就义处等遗迹。长汀地处闽赣交界，离瑞金不远，又乘便往当年中央苏区故址一游。一路之上，怀想昔日革命战争之艰苦卓绝，感慨良多。瑞金连夜下雨,寒冷袭人。同行友人都说游武夷山最好在春夏之季,冬游不宜。而我心中对九曲溪的向往,已不容动摇。冒雨离开瑞金,直驱厦门,赶上晚班的飞机,傍晚降落于武夷山。

翌日上午,乘了竹筏游溪。

九曲溪是一条自西向东,徜徉在山壑之间的河流,其中约有十多华里风景幽胜的河段,正好宛转成九曲十八弯,而且正好在这九曲流溪的两岸,出现连绵的秀峦奇峰,因而构成了一幅绝妙的画图长卷。

武夷山的自然美,亮点是九曲溪;武夷山的人文美,亮点是朱文公。朱熹是南宋时代的哲学家、教育家,十四岁定居武夷山,除中间有七年多时间外出做官,其馀五十年长居武夷山从事讲学与著述。后人将他的著作编纂为《朱文公文集》,成就涉及经学、史学、文学诸多方面。其博览群书、四传弟子的恪勤治学之风,尤为后人仰慕。九曲溪边有朱熹所建"武夷精舍",即是其讲学论道之所。

古人游览九曲溪,乘船从一曲始发,逆流而上,船速一定很慢,可以细腻品味山水风味。中途船工歇息,游人亦可临岸观览。那样行至九曲,或许要整天时间,朝发暮至,舟中小饮,吟诗和唱,尽畅情怀。朱熹留下的《九曲棹歌》,从一曲吟到九曲,大概就是在游船上一路呵成的。

我们现代人,已经没有了古人的文人雅趣。市场经济下的生活节奏太快,人们忙碌着太多的事务,虽说是来看名胜,却没有多少馀暇闲情,大多随了旅游团队,戏马嬉春,热闹一场,图一时之快乐。因此,现在的九曲溪之游,

　　古人游览九曲溪，乘船从一曲始发，逆
流而上，船速一定很慢，可以细腻品味山水
风味。那样行至九曲，或许要整天时间，朝发
暮至，舟中小饮，吟诗和唱，尽畅情怀。

从九曲开始,顺流而下,漂流到一曲,一两个小时便告全程结束。

我和同游的友人,也只能与时俱进,服从公共旅游安排,想做古人是不可能的。导游姑娘帮我们买了船票,带到溪边,上了漂流的竹筏。导游按常规是不能同乘竹筏的,她要乘车从陆上去到一曲,等候我们上岸,这样便可减轻竹排的乘载。而漂流一路的讲解任务,交给了船工,导游姑娘交代说要付给船工小费,船工高兴才讲得精彩。

竹排很宽,两排坐椅,可乘坐六人。两个船工,一老一少,一前一后撑着篙竿。我们一行五人,恰好空出一个座位,可能是船工与导游姑娘特别熟悉吧,破例招呼姑娘与我们同坐。姑娘说:"我上了船谁讲呀?"老船工说:"有你就省得老哥讲了。"姑娘说:"还是你讲吧,要不就没得小费了。"老船工说:"我才不在乎那点小钱呢。"哈哈一笑,竹筏开始行进了。

始发的地方叫星村渡,溪畔平坦,田园开阔。这是朱熹《九曲棹歌》中所吟的九曲。先前是个极幽静的去处,会让人有陶渊明笔下的桃花源之感。朱熹诗曰:"九曲将穷眼豁然,桑麻雨露见平川。渔郎更觉桃源路,除是人间别有天。"当下旅游的开发,完全失去了桃花源的清趣。我想照着朱熹的原韵写一首绝句,却凑不成句子,便与坐在旁边的导游姑娘闲聊起来。她回答着我的问话,唇边时而绽出微笑,显得聪慧而大方。于是,我把她写入诗中,口占油然而出:

九曲晴波景粲然,轻篙一拨下长川。

柔情雅态导游女,微笑唇腮映水天。

老船工呼叫导游,名字怪怪的。我犹疑了一下,不妨问个明白。姑娘又是唇边一笑,说:"我这名字听不惯吧?出生那年是猪年,亥猪嘛,所以就叫亥女,人家写起来都写成祸害的害,我妈妈给我起名字也有这个意思,一生下来就是祸害,这话说来可长了。别说扫兴的话,好好看景吧,前面八曲到了!"

八曲滩高水急,山石怪异。朱熹诗曰:"八曲风烟势欲开,鼓楼岩下水萦回。莫言此地无佳景,自是游人不上来。"此诗所写的岸上那座山峰,名曰鼓楼岩,游客不能上岸,里面何等佳景是看不到的。

无景可看,我接上导游前面的话头问她。她说:

"直说吧,我是超生!家在重庆万县,我们那村还叫永安村呢,可就是穷,不是永安,倒是永穷。妈妈生了我大姐、二姐,总想要一个男孩,不生下来也没有人管,干部就等你生了来罚款。现在都懂了,计划生育好,可你知道下边的干部是怎么执行的?我生了,还是个女孩,讨罚款的来了,有人说快把小儿弄死算了,妈妈身上的肉,女孩她也舍不得呀!罚款大张口要三千六,家里除了种地,啥子来路没有,哪有钱?那年大姐九岁,二姐六岁,两人抱住谷箩,不让抢粮,人家五大三粗,把两个姐姐踢倒在地,粮食全部担走,颗粒不剩,两头猪牵走,连妈妈结婚时一个陪嫁的箱子也搬走，再也搜不出东西来了，临走把做饭的铁锅砸破，骂骂咧咧说'卖废铁也不值'，那个野蛮，比土匪还土匪啊……"

姑娘说到气愤处，我不再问。沉默中，又步朱熹的韵，呵成一首：

八曲高滩四景开，水声忽作泣声回。
熏天气焰人情冷，总使民间悲愤来。

驶到七曲了，高峰耸立，寒流飞翠。溪的北岸有三迭峰，峭壁上题有五个大字："武夷最高峰"。朱诗云："七曲移舟上碧滩，隐屏仙掌更回看。却怜昨夜峰头雨，添得飞泉几道寒。"隐屏、仙掌二峰，依然屹立在六曲岸上，昔时诗人是逆流而来的，诗中写的便是回看的情景。

老船工指点奇峰，讲述着掌故和历史传说，那些故事不过是民间的演绎，不听亦可。趁此间隙，姑娘继续向我吐诉，说到她家中被搜刮以后的情形。

"妈妈拉着我两个姐姐，怀中抱着刚出生的我，投奔我姥姥家。姥姥家日子并不好过，但也不能把我们拒之门外呀，只好收留，这才没有饿死。爸爸逃走，跑到西藏，一去不归。乡里村里那些干部，还要来家要钱，全部东西拿走还算不够罚款数，哪敢回家？春天来了，还得回去种地呀，总不能常年吃姥姥家吧。妈妈求人借粮，背了一口袋米，悄悄回到家里。晚上二姐在家看我，大姐和妈妈去田里干活。听大姐回忆起来，夜里山坡上风刮得呼呼叫，树摇草飞,黑影如鬼,吓死人了!大姐刚上小学二年级,停了学,妈妈拖着三个孩子,风来雨去,苦不堪言呵……"

感觉着姑娘流泪了,我不敢看她,只是埋头作诗:

> 七曲危峰倒映滩,史痕壁上忍回看。
> 圣贤不解斯民怨,酷吏胜于风雨寒。

"姑娘家在万县,怎么千里迢迢到武夷山来工作呢?"我冒昧提问。她答:"三峡移民呀!万县是三峡库区,水淹了,政府动员我们做贡献。在我们村里,妈妈最先报名愿意到福建来。爸爸杳无信息,村里看见我家挤不出油水,超生罚款的事不了了之,妈妈和大姐苦苦种着六七亩地,总算把我这个害女拖拉大了。妈妈说,除了种地养猪,一无所有,到哪里还不是一样,老房子早就透风漏雨,没有钱修,到福建公家发给安家费,走就走吧!哪能想到后面的困难呵!有些移民来住一段时间,过不习惯,返回重庆了,人家在重庆那边还有亲人,有人在城里工作。我家绝无退路,妈妈硬是带着我们姐妹三个,落户到陌生的地方,累死累活,为了生存呵……"

游筏行至六曲,岸上一景,名为响声岩。武夷山的崖壁题刻,以响声岩为最多,游人到此不禁高声咏读,以至回音盈溪。远处即能看到石壁上的四个大字,即是"空谷传声"。游筏靠岸,我们走近岩下观赏,左侧镌刻的"逝者如斯",笔力浑厚,含意深永,为朱熹遗墨。右下方镌刻的绝句《六曲》,亦清晰可见,诗曰:"六曲苍屏绕碧湾,茆茨终日掩柴关。客来倚棹岩花落,猿鸟不惊春意闲。"

我漫不经心地扫视过满壁文字,脑中却仍然萦绕着亥女的家世。古人的闲情雅意,似乎与我们毫不相干。似乎是姑娘的诉说,使我忽然意识到:劳苦阶级与有闲阶级之间,真如云泥之隔,距离何其之遥!

我虽然还用朱熹的原韵,又凑一首绝句,却是"圆凿而方枘兮",与朱夫子的吟境格格不入了。

六曲萦回深浅湾,飘零心事忆乡关。
辛劳日月总无尽,贫苦人家岂有闲!

竹筏向五曲漂流,亥女接着讲述。

"万县人以为福建是沿海开放地区,会比万县富,谁知道安置到南平地区,农村条件仍然落后。政府补给住房费,每平方米三百元,猪圈、厕所补偿费每平方米一百元,到这边来建房,每平方米价在三百六十元,泥土墙的简陋房子还建不够面积呢。万县人均一亩半土地,福建只划给每人三分地。妈妈看着这情况,对大姐、二姐说,地不够种,房不够住,出去打工吧,各自为生,能挣回钱来,就攻亥女念书。大姐到酒店当服务员,她的男朋友在建筑队做泥水工,他们成家,生了一个男孩。二姐跑到浙江,很少回来。她两个没有文化,小学没念成,妈妈千方百计让我上学,我初中毕业,考了旅游学校,有了现在这饭碗。妈妈住在农村,和当地人语言不通,很难融合,守着一亩多地,喂着一口猪,累出一身病,最近犯胃痛,饭吃不好,我又不能守在她身边，心里总觉得是我害了妈妈，我对不住妈妈……"

见姑娘讲到沉痛处，我便有意把她的话头引开，喊叫老船工道："朱熹写五曲的诗呢？怎么看不见呀？给念念！"老船工说："马上就到！前面那个山峰，名叫隐屏峰，常年隐蔽在云雾缥缈中，不肯暴露它的真容，里面风光美得很呀，朱熹是在那里聚徒讲学的。《五曲》这首诗，你听着：'五曲山高云气深，长时烟雨暗平林。林间有客无人识，欸乃声中万古心。'"老船工念罢，我的和诗也想好了：

　　　　五曲隐屏精舍深，先贤去后剩空林。

　　　　可怜天下女儿意，难报春晖慈母心。

朱熹的《四曲》诗是："四曲东西两石岩，岩花重露碧㳠毵。金鸡叫罢无人见，月满空山水满潭。""两石岩"指大藏峰和仙钓台，大藏峰壁上刻有"流霞飞翠"字迹，岩上有金鸡洞，"金鸡叫罢无人见"指古时有金鸡司晨的传说。"水满潭"指峰前的卧龙潭。竹筏驶近此潭，老船工讲解说："请各位坐稳，这里是九曲溪中最深的水潭。相传很久之前，潭中潜伏一条恶龙，率领八条小龙张牙舞爪，搅得天昏地暗，泛滥成灾，后来遇一仙人路过，拔剑将那恶龙和七条小龙刺杀，只剩了一条小龙哀求饶命，愿意改邪归正，仙人留下它来守护武夷山。请各位注意，如果小龙突然跃出水来，不要惊慌呵……"

"你相信有仙人吗？"亥女问我。我笑笑："编故事嘛！"

"真有仙人就好了,现在许多恶龙需要神仙来治。""你指什么恶龙?""贪污腐败是上边的事,老百姓弄不清楚,下边的恶人就是吃喝嫖赌、横行霸道,老实人受欺侮,所以年轻人都学坏。"姑娘说到此,我"哦哦"两声,不知如何对答。她稍停片刻,突然提起她的爸爸:"我从来没有见过爸爸,万县有人从西藏回来说,他在那边鬼混一个女人,又赌博又吸毒。你说他也不是年轻人,老大不小的也能学坏。全家迁来福建,他的户口也得过来,他不会不知道,这么多年不闻不问,完全不管我们母女死活。我没见过这个爸爸长得什么样,心里恨透了他……"。

姑娘家里有这种不尴不尬的事,故而深知世间"恶龙"之可恨也!我无话可说,哦诗一首:

四曲流霞飞翠岩,家山遥念柳氍氍。
仰天只盼神仙剑,堪使世人沦浊潭。

武夷山的悬崖峭壁上,有许多千年不朽的架壑船棺。起初人们从山下遥望那些洞穴石室,不知其间的舟船状物有何奥秘,称之为仙舟、宝船,引出许多民间传说,后来才发现是葬尸的悬棺。竹筏行到三曲,老船工给我们指看高崖上的船棺,便要朗读朱熹的《三曲》诗,亥女立刻说:"这首诗我来念吧:'三曲君看架壑船,不知停棹几何年。桑田海水兮如许,泡沫风灯敢自怜。'我每次给游客念完这首诗,解释诗的意思是说'人生如梦',我的解释对吗?"我说:"苏东坡《念奴娇》中写的:'人生如梦,一樽还酹江月'。"老船工接应说："别说那么远，我们在这青山绿水中晃晃悠悠，也像做梦嘛！"

水湍筏漂，三曲渐渐抛在了身后。亥女对我和老船工的话不以为然，她回头望着崖壁上的悬棺，忽然又问："专家说武夷山悬棺有研究价值，我们万县的古墓却全给水淹了，古墓不是也有价值？"我说："要看是哪个时代的墓葬，具有文物价值的古墓，国家是保护的。"姑娘说："反正像我家的祖坟淹就淹了，老百姓活着不值钱，死了也不值钱。妈妈还想以后回去，我说老家淹在水库里了，还回哪去？妈妈说，爸爸以后怎么办？我说，他不要我们了，你还管他？妈妈说，万一他回来还是你爸呀。妈妈这人就是心好。听说爸在西藏那个坏女人，后来不跟他了，他老了，混不上钱，人家跟他干啥子？他要死在西藏，真是死无葬身之地。我说的'人生如梦'，还不是苏东坡那意思，你们上边的人可以大讲'三个代表'，这为民那为民，也可以谈古论今，什么苏东坡陶渊明，我们底层的人可怜巴巴，做梦也尽做噩梦……"

姑娘的思想情绪怎地如此低沉？我想说些鼓励她的话，一时不知怎说，感触中又作一诗：

> 三曲茫然天上船，悲欢人世复年年。
> 从来贫富难平等，命在底层谁为怜？

"镜台"是岩壁上镌刻的最大的两个字，很远便能看见，此处称为玉女梳妆台。遥望玉女峰，果然娟秀峭拔，仿佛束髻簪花,娇态可掬。峰前那片绿水,亦有一个诱人的名字,叫做浴香潭。朱熹诗曰:"二曲亭亭玉女峰,插花临水为谁容? 道人不作阳台梦,兴入前山翠几重。"

老船工读罢这首诗,冲着亥女开玩笑:"阳台梦是什么意思? 请导游讲讲!"姑娘笑说:"回家让你婆娘讲吧!"老船工说:"你不讲我来讲,阳台女是长江三峡的巫山神女,亥女从巫山来的,是神女呵,朱熹是个假道人,不做阳台梦,我可是要做你的阳台梦了!"姑娘说:"怪不得叫你老艄(骚)公!"老船工说:"请看前面玉女峰,三个山头连在一起,那是三姐妹,大姐爱梳妆,二姐爱搽粉,三姐最风流。亥女是三姐呵,我是老骚工,你是风流姐……"说罢他自己先笑,大家跟着笑,竹筏也欢喜雀跃似地摆动着。

行到转弯处,老船工集中精力撑着竿,水声哗哗地响。亥女虽然也开玩笑,心事并未放下。我想问她的婚姻情况,她避开问话,说道:"在九曲溪当导游,学了不少朱熹的东西,捉摸'行天理、灭人欲'这句话,其中道理很深。"我问:"你怎么理解?"她说:"天理是讲平等的,人欲是不平等的,只有少数人可以为所欲为,越是有钱的人越是欲望无止境,所以,灭人欲是灭那少数人的贪欲淫欲。像我们这些穷人有什么欲? 我做导游,赚钱,就为了给妈妈看病,别的事不想,没有交过男朋友,没有考虑过婚姻问题,什么娱乐的事都与我无关,有时间就回去陪伴妈妈。什么时候真正行了天理,才有我们这种人的快乐,你说是吗?"

姑娘的话,使我闻之愕然,于是吟道:

二曲妖娆梦里峰,流光镜里惜花容。

正当柳眼梅腮日,何故月中云影重。

大王峰雄踞溪口,四壁陡峭,危耸擎天,俨然王者威仪。此峰与玉女峰相对而峙,这边奇伟、那边娇秀,一个英雄、一个美人,自然会演说成一段爱情故事。据当地传说:古时候一个出类拔萃的年轻人,被推为部落首领,偶遇玉皇大帝女儿下凡,一见钟情,结为伉俪,玉帝动怒,遂将二人点化为山峰。

先是老船工讲这个故事,出语不免粗俗。亥女随后补充复述,将玉女如何忠于爱情、以死抗旨的情节,讲得细腻凄婉,宛如舞台上表演《天仙配》。我称赞说:"导游口才真好!"她说:"当导游的基本功嘛!游人只是看山看水,会觉得单调,讲个故事,等于吃饭加佐料,增添味道。其实这故事本身,都是虚构的东西。"我说:"类似牛郎织女故事,虽然虚构,一直在民间流传,反映了人们对自由的向往。"也许我不应该说起牛郎织女,因而又引出姑娘的一番感慨。她说:"现在这时代,真有牛郎织女也不用怕什么王母娘娘、玉皇大帝了,怕的是没有钱。看我大姐,结婚十来年,还没有自己的住房,苦巴巴地攒钱,房子越来越贵,钱越挣越不够用。养育了一个男孩,指望孩子有出息,上不了好学校,尽学坏毛病,从家里偷钱去网吧,眼睛看坏,眼圈发青,大姐几乎气死,有啥办法?很多打工女孩,不敢想成家的事,高攀贵人不可能,找一个打工男人吧,他还顾不了他，两人到一起，房子买不起，生了小孩养不起。所以现在不是向往什么爱情自由，是向往钱！这社会，有了钱就有了一切，没有钱什么都别想。你看好多女孩子，甘愿傍大款当二奶，没有出路呵……"

姑娘所说的社会现象，过去并非没有所闻，只是不及她那样深切感受罢了。然而，想我身在官场，亦已有年，对于民间诸般疾苦，又能体察几何？其言闻之，不亦汗颜乎？

朱熹《一曲》诗云："一曲溪边上钓船，幔亭峰影蘸晴川。虹桥一断无消息，万壑千岩锁翠烟。"幔亭峰在大王峰左侧，民间流传"幔亭招宴"故事说，神仙曾在此宴请乡人，宴罢人归，风雨骤作，虹桥断失，神迹杳然。神话毕竟神话，现实总归现实。导游姑娘平时总是把游客引入神话，让人心旷神怡的，今天却把我们引入了现实，明丽的山水便好像抹上了云烟。我这首和诗云：

　　一曲江风荡竹船，神仙枉话旧河川。
　　堪闻现实多忧事，忽见苍山下雨烟。

到了晴川渡口，竹筏停泊，我们告别船工上岸。正是午饭时间，姑娘问我们吃川菜可否，都说可以。走不多远，到得一家四川饭店。姑娘说："这家小饭店是万县移民新开的，多消费一点，照顾照顾移民吧。"我左右一看，几张餐桌都已满座，服务员应接不暇，满店热气，便顺口说："生意很好嘛！"姑娘说："你不知道，开饭店很不容易，办办手续花多少冤枉钱。武夷山已经有了三家移民办的川菜店,这在我们移民中,算是聪明能干的创业者了。"我接住说:"你也是个聪明能干的姑娘呵!一定也会创业,会改变生活的。"姑娘说:"但愿上天有眼。"说着,她的唇边又绽出了微笑。

饱餐之后,同去登山。因我有午睡习惯,一出饭店眼睛就迷糊。导游见我萎靡不振,即来搀扶。我闭起眼睛,垂着脑袋,半瞌睡状态,由姑娘搀着走了足有一刻钟。到了登坡的地方,顿时清醒,突然冒出一句话来,便问:"朱熹的《九曲棹歌》,好像是十首吧?"姑娘说:"你是梦见朱熹了?"我说:"忽然想到上午和了九首诗,还缺一首。"姑娘说:"还有一首,朱熹作为序,写在前面的:'武夷山中有仙灵,山下寒流曲曲清。欲识个中奇绝处,棹歌闲听两三声。'"我说:"再和一首,不作为序,就作为结尾吧。"

山川秀美女儿灵,愁雾几多须廓清。
但等明年有喜酒,春风满面笑声声。

听我诵出这首诗,引得姑娘一笑,真的咯咯笑出声来。我说:"没等到明年的喜酒呢,你就笑了。"她说:"是笑你顶会写诗的。"我说:"朱熹的'棹歌',就是船歌,我们乘的是竹排,我这十首诗就叫'竹筏歌'吧,连同你讲的家事,写成文章发表,你同意吗?"她惊讶地说:"你是作家?要知道你是作家,就不给你说那些了。"我说:"反映真实情况,可以登在报刊上的。不过,我的写作水平不高,写不好你要原谅呵!"话未落音,已上到半山。武夷山中这一处

溪山烟雨
拟米南宫笔法
光绪丁亥初子港墨道人

　　站在崖边四望，烟云迷漫，峰峦模模糊
糊。姑娘说，等到春天，风晴日丽的时候你再
来看，没有这些云云雾雾，就会觉得眼睛也清
亮了，心胸也展开了，景色美极了。

独秀的佳景,名之为天游峰。

　　溪山顿然阴郁,似要下雨。站在崖边四望,烟云迷漫,峰峦模模糊糊。姑娘说,等到春天,风晴日丽的时候你再来看,没有这些云云雾雾,就会觉得眼睛也清亮了,心胸也展开了,景色美极了。我说,春天一定再来。

　　时值二〇〇九年十二月,时近冬至,返并后记之。

行　道

　　我的故里，是武乡县一个山庄。村前是河沟，村后还是河沟，由西到东逶迤着一道梁。几十户人家，依着这道黄土的梁，券筑窑洞而居。

　　传说，古时候这里是蛇的会聚地。人们看见过一次蛇的集体大迁徙的奇观，通过这道高高的梁，向西南方向的沟壑中运动，成群结队，络绎不绝，三天三夜才过完。从此，这道梁有了名称，叫做"蛇道岭"；离此六七华里的西南方那道沟，是蛇队的归宿处，便叫"蛇道沟"。武乡一带口音，读"蛇"为"xiē"，两个村名经过若干年代的演变，不再用"蛇"打头，"蛇道岭"谐音更名为"行道岭"，"蛇道沟"谐音更名为"斜道沟"。虽然村名改了，蛇的记忆、蛇的影响并未消逝。

　　我小时候，村里常见到蛇。村里的人从来不打蛇。有一种农具叫杈子,打小麦的时候用来杈麦秸的。小麦收割回来,连杆带穗铺在场上,牛拉石磙来碾,脱粒后,用杈子把麦秸挑到一边,堆成又高又圆的麦秸垛。杈子除了堆麦秸,另一个用场就是杈蛇。蛇常在屋檐下,因为麻雀钻在屋檐的洞穴处做窝,蛇是吃麻雀的。蛇也会爬到院子里,甚至进到家里。只要拿一把杈子,轻轻地把蛇挑起来,蛇爬在杈子上很乖,一动不动,等你把它挑到野外,放到沟渠里,它自有去处。人不伤蛇,蛇不伤人,这大概也是"行道"。

我喜爱我们的村名:行道岭,"道"的含义非常丰富,这是让我一生中都体味不尽的。

《诗经·大雅·绵》云:"行道兑矣!"意思是道路畅通啊!岭上那条蛇队爬过的道,后来的确成了一条宽畅的大路。大路正在我家的窑洞顶上,小时候经常看见马拉的胶轮大车、牛拉的铁轮车从这里经过,现在则成了跑汽车的公路。

除了道路这个直接的意思,道的更深层的意思是天道、人道、道义。儒家经典《孝经》开宗明义,曰"立身行道"。

我们的村庄,世世代代耕读传家,正是以行道为本。

然而,天意难知。清光绪三年,一个特大荒旱的逼命之年,我们的村庄遭遇了深重的灾难。

行道岭始初的年代无从确考。在一处老窑洞的墙壁中,曾经发现过一份明代嘉靖年的房屋契约。据说明代以前,最早居住于行道岭的人家,姓武,家有骏马,号称龙驹,明末乱世,遭了响马,武家从此下落不明。

史料记载,明崇祯十年,北方大旱,赤地千里,汾河、漳河枯竭,民多饿死。李自成揭竿起义,正是在这场大饥荒前后。我猜想,村里先前的黎庶,即在那个荒乱年代遭到了毁灭。

家谱记述,李氏这一支乃于清朝初年,由附近村庄迁来,至今全村皆为李姓。可见是在明末荒乱之后,先祖卜徙,重新开拓了行道岭的家园。

清初开基的本宗先祖,讳魁,所生四子,除一子后裔于康熙六十年辗转迁居陕西西安,另辟李家寨之外,其馀三子在本村繁衍生息,形成三门数十户人家。整整二百年间,这个家族相安无事,日出而作,日落而息,自给自足,生活是宁静安乐的。不料清朝光绪皇帝登基之后,州郡灾旱,百姓穷荒,大难遽然临头了。

自光绪二年起,晋冀鲁豫各省连续三年大旱,这一带饥饿而死者,史书记述为一千三百万口,实际恐不止此数。山西人口统计,灾前为一千六百万人,灾后降至一千万略多。光绪三年七月有御史上奏皇帝说:"山西一省,荒歉更甚于去年,人情汹汹,朝难谋夕,子女则鬻于路人,攘夺或施于里党,啼饥者远离数郡,求食者动聚千人,户少炊烟,农失恒业……"奏章虽也反映了灾情,却不过是堆砌文牍语言,实际情形则要悲惨得多了。民间流传歌谣说:"光绪三年人吃人,姥姥家锅里煮外甥。"母亲打发小儿到外祖母家讨点吃食,却反而被外祖母家把外甥煮了人肉吃了,足见饥荒程度之惨厉。

我家祖上的土地，除了门前坡下的"大坪""小坪"两块，其馀都在叫"獾沟"的地方，是从一片荒坡上，经过历代开垦，造出的二十亩梯田。虽然土壤瘠薄，靠着先世风来雨去，辛勤经营，正常年景下五谷丰登，尚能自给自足，年有小馀，灾荒的袭击却是经受不起的。光绪三年，家中断粮，糠菜树皮吃尽。家用笸箩簸箕上，边沿编结有皮线，为充饥把皮线都拆下来煮吃了。

　　我的祖父生于光绪二年，真是生不逢时，一出生便遇灾庆，曾祖父只好携妇挈幼，外出逃荒。远走一百多里，一路乞讨，到了辽州，当地山中尚有富户略馀存粮，曾祖父便将妻儿卖与人家。所谓卖者，不过是送纳，以使妻儿保存性命而已，并不是能换得多少钱来，即使换得钱来，又去何处买粮？曾祖父卖掉妻儿，仍然沿途讨要回返，未及回到家中，饿死在村外的黄土坡下。

　　曾祖父一辈，兄弟六人，可见灾前的家庭尚为兴旺。大灾中竟致兄弟五人死于非命，仅老大一人，讳师澍者，有幸生存。女眷中除了卖到辽州的曾祖母，其馀无一人幸免于难。

　　接着光绪四年，仍是灾年，武乡县志记载说："戊寅夏六月又旱，秋九月阴雨十馀日，禾粟尽秕烂。"当时家中的小字辈，除了祖父在襁褓中随母卖到辽州之外，本来还有两个长他十来岁的男儿可能存活下来，却竟然遭遇了野狼。这年深秋，全家唯一健在的长辈师澍爷爷，冀望于颗粒收成，霪雨后打发两个小儿到地里收拾秕烂谷子，一群饿狼突然下山，猝不及防，二人惨死于狼爪。

大难过后,安葬死者。师澍爷爷孤身一人,一次从自家院子里送出了十三口棺材。这位曾祖爷爷无愧为大丈夫呵,面对全家男女老少十三口人死于非命,他老人家心灵上是怎样的一种悲戚的承载!

　　一个强者,在灾难面前会更强。灾难越重,会使人越加刚强,有似物理学上的反作用定理。每当回顾先人们所经历的艰难困苦,以及他们面对厄运的那种坚毅和勇悍,总会使人内心感慕,从而也会鼓起我们生活的勇气。

　　我的曾祖师澍爷爷真正很强。他独自跑到辽州,打赢了一场官司,把我的祖父要回了身边。

　　他呈送给州衙的诉状,大意是说:"光绪三年大灾荒之时,胞弟带着妻儿流浪辽州,为饥饿所迫,无奈之下将妻卖与当地财主,当时只是卖妻,并未卖子,因为婴儿尚在哺乳,不得不随母留下,而今灾荒已过,小儿长大,乞求知州大人体察亲缘之情,怜我衰年无嗣,将小儿判归老家切切。"

　　赢得这场官司并不容易,老人家大概不是跑了一回两回。祖父离开养育他的辽州家人,回到故里行道岭的时候,已经是一个十六岁的青年人了。人家养育十五六年,怎么肯轻易放他走人?但如果祖父不回来,师澍爷爷无人养老送终,一个家庭从此便没有子嗣了。鉴于此情,辽州州署终于做出一个人道主义的判决。我的祖父能够在十六岁时回到家乡,接绍香烟,这个官司的胜利真不简单,不啻是法律的胜利,这是人道的胜利啊!

　　行道岭真有道。讲人道、靠人道,道的力量可以感动一切,道的力量必得最后胜利。

祖父回到家乡之后,开始在大灾留下的创伤上建立新的家业。他一生行道守道,勤劳俭朴,敦厚善良,直到七十八岁病逝前,还在田间劳作。我从小依偎在祖父身边,他的音容,他的人格,他的道行,深深铭刻在我的灵魂中。村里的其他长辈们,都像我祖父一样淳朴。全村从来没有人赌博,没有人会打麻将,没有懒汉,没有小偷,从来没有发生过凶案,没有人进过监狱。也没有人酗酒,仅在办婚丧大事时少饮数盅,无一大酒量者。

中国传统文化中有一种"天谴"意识。"盖灾异者,天地之戒也。"意思是说,人间胡作非为,伤天害理,就会导致灾祸发生,这是上天以降灾表示谴责、惩罚和警告。所以,古人在灾害发生之后,都要进行反思、检讨和整饬,肃正风气,恪敬事业。经历了光绪三年的大灾大难之后,行道岭的前辈们自然会加深对道的感悟,他们无论农耕,无论读书,更加勤奋踏实,也会更加恪恭天地、孝敬祖宗的。

本宗李氏的祖坟,在数里之外的南垴村。每到过年过节,全村到祖坟祭祀,多少年来香火不绝,直到"文化大革命"之前,茔冢碑亭尚保存完好。至于土地庙、奶奶庙、五道庙、佛爷庙、观音庙等等神庙,规模虽小,神灵俱有。除了本村这些小庙,村里人们还去往邻村的大庙敬香。

近日,我的一位离休在武汉的叔父写了信来,回忆他小时候到邻村赶会的情况,信中写道:"吴村有奶奶庙,三月三赶会;灵水庙,天旱祈雨,秋季五谷丰登唱'秋报戏'是常事。庙宇最大的是聚福寺,小时印象极深,庙会人山人海。庙内又大又怕,有天堂,有地狱,有各路神仙,阎王殿不让小孩们看,看了怕做噩梦。那里有人死后到了阴间受的各样苦刑,割舌头、挖眼睛、剁手剁脚,这算小刑罚;还有剥皮抽筋、下油锅、喂狼虫虎豹。小孩们最怕吃蛆虫了,吃饭丢一粒米,死后下地狱要吃一个蛆,所以小孩们吃饭都不敢丢一粒米。"叔父在共产党的高干队伍里奉献几十年,到了耄耋之年,竟然对昔日庙会津津乐道,而且因旧庙被拆除而满怀遗憾。这使我想到,天堂地狱的事虽属迷信,而如果揭去这一层虚蒙的外衣,其内在的东西却也是行道。

抗日战争爆发后,八路军到武乡建立根据地,村里的年轻人相继参加共产党,投身于抗日救国事业。经过民主改革,反封建、破迷信,烧香敬神的风俗取消了。村里设立了一个公共活动场所,全称应为"民主革命活动室",习惯简称"民革室",大家到那里讲抗日、学文化、唱抗战歌曲。好像全村一下子变了模样,男人支差送粮当民兵,女人纺花织布做军鞋,人人踊跃。经常有部队路过,我伯父当闾长,在我家院子里支大锅做饭,整连整营地接待。

有次村里来了两个八路,伯父正在招待他们用饭,突然又进来两个国民党部队的散兵。国民党部队也是抗战,伯父同样热情接待。但这国共两家说话之间,不知怎么突然翻脸,各自拔枪,怒目相对。伯父立即站到中间,劝解说道:"老总们呀!咱行道岭是个抗战村,要打内战,请到其他地方,可不许在咱村里打呀!"虽三言两语,恰到分寸,遂使双方收枪罢武,相安无事。伯父见事沉着大方,不亢不卑，也显出了行道岭人的风度。

日本兵多次进村扫荡，曾经遭到民兵伏击。村里没有人在敌人面前屈服，没有人当过汉奸。我家隔壁的爷爷，被日本人捅了八刀，已经奄奄一息，居然奇迹般地挺过来了，不愧是一条让人敬佩的硬汉！

我家那些年间，父亲参加抗日政权工作，母亲担任村妇联主任，村里虽有代耕的优抚，春种秋收仍须辛苦古稀之年的祖父。每当父亲回家，祖父满含忧虑，总是要问："甚时候能把日本人打走？"父亲好言安慰，总是回答："快了快了。"终于盼到这一天，传来日本投降的消息，大家好不振奋。但在一番欢庆之后，立即投入了"解放全中国"的参军支前工作，村里仍然未能轻松。

"土地法大纲"颁布，开始了土改运动。那年我已记事，看见大人们搬着步弓丈地，围着炕桌填写土地证，到打谷场上分领地主家的浮财，"胜利果实"让人喜上眉梢。开斗争会的风气兴起，却是喜中有忧的变故，斗地主不必说，不是地主的人也可能突然被弄成斗争对象，拉到民革室，众人围上去抽打一阵。看到人们手里挥动着军用的宽皮带，便知道是要打人了，小孩们既害怕，又好奇，躲在后面觑看。

本村惟一的一个地主，好看书，通医道，为人尚且和善。我父亲早年患疟疾，便是用他的方药治愈的，为表答谢，祖父请他到家里来吃过拉面。斗争地主时，场地设在我家院子里，大约是因为我家位于村庄中间，院子也比较宽敞。我只记得打完以后，地主靠着墙脚喘气，脑门上隆起一个黑色的圆斑。过了一天,把地主拉到别的村庄去斗。傍晚时,听说在回来路上跳了沟,但没有死,抬到牛车上拉回家里。牛车从门口过,我跑出去看,人用被子捂着。翌日早上,听说地主半夜里死了。多年以后,听村里的老人提起此事,才说是一个从外村迁来的外姓干部,觊觎地主家的小妾,那天半夜从窗户钻入其屋内,递上一把剃头刀说:"你还不死!"地主便用剃头刀割了脖子。

村里当年还有一个自杀身亡的人,他外出读书,入国民党,委任为某县警察局长,土改时回到村里,自知躲不过斗争,吊在一棵大树上。这人生前我从未见过,听说上吊了,跟着人们跑去看,只见正从树杈上往下解。

这年的八月十五晚上,月亮很大很圆,像村里唱戏时敲的铜锣一样。祖父把炕桌搬到院子里,摆上梨果月饼,便要烧香磕头。母亲看见,上前阻拦,要将炕桌搬回。自从八路军来,多年不供香火,母亲早已形成反对封建迷信的信念,一辈子没有敬过神。祖父这天的行为,确实让人诧异,他心中一定有忧虑的事情。看见母亲和祖父争执,我躲在一边,骇然不敢出声。祖父从来没有那样厉害过,他猛地把母亲推开,断然宣称:"各行其是!"

"各行其是"这四个字,深深地印在我的脑子里。

司马迁说:"子曰:'道不同不相为谋',亦各从其志也。"直到我后来读到《史记·伯夷列传》中这句话的时候,倏然想起我的祖父。祖父的"各行其是",意思即是"各从其志",即是"各从其道",他是按照他心中的"道"行事的,他那个中秋节有感于世道人心,烧香是为了行道呵!

　　岁月不淹,万事匆匆。祖父辈上的先人,
都已归天;父亲辈上的老者,也已经所剩无
几。看见后辈们成长起来,让人又喜又忧。喜
者,后浪推前浪,常令宇宙新;忧者,胜地不
常,盛筵难再,行道能以持久乎?

行道　　　　　　　　　　　　　　　　　　　·105·

岁月不淹,万事匆匆。祖父辈上的先人,都已归天;父亲辈上的老者,也已经所剩无几。看见后辈们成长起来,让人又喜又忧。喜者,后浪推前浪,常令宇宙新;忧者,胜地不常,盛筵难再,行道能以持久乎?

　　前辈们备尝艰勤,功业于世,算来我们一个小小村庄,上世纪涌现出十多个师局级干部,荣辉故里,名闻遐迩。而当今世态多变,务农和读书都已失去了昔日风尚,青年人不安耕读,在纷纷涌向城市打工的潮流中,不免惑于金钱利饵,违离道本,沾染鄙俗恶物,有的已经误涉盗伙,触犯刑律,如此种种,不能不令人"忧心悄悄"。

　　光绪三年大难以来,迄今已历经一百二十多年的岁月沧桑。驱逐了日寇侵扰以来,也已经越过了六十多个春秋。总体来看,这是一个安居乐业,人事兴昌的时代。然而,古人说"昌必有衰,兴则有废",因为长期的安福,会使人骄奢淫逸,从而走向败落。回顾往事,乃是为了使人不忘前辙,醒悟天道,敬畏天命,恪慎克孝,恭肃圣贤,而避免"天谴"。惟有继承前辈的道范,惕厉奋志,始能行道不衰呵!

一朵白云似荷花

　　从前俩人住店，各自夸说自家那里的山高。甲说："俺家有个花儿垴，离天只有一圪脑。"乙说："俺家有个佛爷顶，把天磨了个大窟窿。"花儿垴在武乡县东端，海拔两千米，那里是武乡、黎城、左权三县的搭界处。佛爷顶在武乡县南端，海拔一千五百有馀，正是武乡、沁县、襄垣三县的交界点。住在佛爷顶旁边村里的顽童，比赛谁尿尿时间长，绕着三县界山边尿边走，转一圈尿完，玩笑说"一泡尿尿了三个县"。

　　佛爷顶因古时有佛爷庙而得名，我的记忆中却没有庙的踪影，只是保留着赶庙会的习惯。东麓一片平坦的开阔地，名为圪老湾。圪老湾其实不是一个村庄，只是庙会、集市的场所。两排平房夹成长方大院，饭铺、烟酒铺、杂货铺、铁货铺、弹花铺、洋布铺、鞋帽铺、药铺、染坊，应有尽有。院外有古戏台，戏场前头是牲畜交易场。祖父领着我赶会，让我大开眼界，除了那些商铺，院内院外还有许多临时来卖谷物杂豆、瓜果花生、笸头扫帚的地摊，耍把戏的，打麻糖的，捏面人的，热闹非常。

这些是几十年前的情况。"文化大革命"中我回乡时，集市已经萧索，但还有商店，有卫生所，有赤脚医生。现在的圪老湾，竟连商店和医生也消失了，戏台破败，铺房坍塌，若无人迹。近年清明节回故里上坟，仍要路过此地，触感伤情，不禁"盛衰如转烛"之慨。

跟着祖父赶会，是我七八岁的时候。前晌逛商铺，晌午在饭铺吃烧饼，后晌看戏。刹戏后，就近住到亲戚家。也看过夜戏，那时候没有电，戏台前头挂两个汽灯，白炽刺眼。其实我看不懂戏，看热闹而已，赶会的真正想法，是想住姐姐家。

姐姐家在襄垣县的台上村，由圪老湾东行，"一去二三里"即到。

我们当下社会，交通便捷，往来频繁，县际乃至省际，地理距离、生活距离和人文距离，缩得越来越小了。早先则不同，即便村庄相邻，非属一县，则区别殊多，很少跨县结缡。从我家的武乡行道岭村，步行到襄垣台上村，别看只有八华里，传统习俗大不相同。第一是语音不同，武乡说"我"是"俺"，读音起头有一个舌根擦音"ɣ"，发音重浊；襄垣说"我"是"mei"，唇音，发音清薄。第二是饮食不同，行道岭早饭吃谷子面圪垯，粗糙耐实；台上村吃玉茭面圪垯，软哝好吃。第三是人情不同，行道岭人实在寡言；台上村人能说会道。我暗自推想，姐姐嫁到异县，一定会有许多隔膜之感的。

姐姐是伯父的惟一亲生儿女。属蛇，一九二九年生，长我十三岁。名叫玉荷，生日应该是阴历六月吧，因为六月是荷花绽放的季节。她的左眼是天生的白翳，失明，好像一小片白荷花瓣把瞳仁遮了。

也许是一只眼睛残疾的缘故，致使她在婚姻上没有更多的选择。一九四四年出嫁，虚岁十六。那年还没有把日本赶走，台上村来迎新娘，出了家门，下一道坡，下面是我家的果树地大坪，花轿和送客正在兴高采烈中，突然枪声传来，日本鬼子进村了！一阵惊惶，花轿藏到果子树下，众人急忙钻了地道。等到夜间鬼子离去，花轿才重新上路。

姐姐嫁去不久，姐夫当兵入伍，三年后挂彩回来，残了左手。他们生育一个女儿，唤名小英。姐姐带孩子、忙家务、做农活，事事不误。虽然一只眼睛失明，对她做事毫无障碍，裁缝烹饪，做什么都有样子，靠的是心灵手巧。伯母早年去世，姐姐最亲密的人便是我母亲，每当回来娘家，帮我母亲浆布补衣，俩人拉几天家常，拉到半夜三更。

我在本村上二年级那年，老师时而缺位。母亲对我说："你姐姐捎话来，叫你去。"以前是祖父领我，这回叫我自己去，母亲不放心地问："你寻得着？"我说："那条路走

一朵白云似荷花

　　朝晖把她的双腮映得绯红。她脸盘
圆润,微笑时有两个浅浅的酒窝,说话
时眼睫毛忽闪忽闪的,虽然左眼白翳,
丝毫不影响她的美丽。

　　　　　　　　　　　　　　行　道　集

过。"母亲说:"你不害怕?"我说:"路上没有狼。"母亲蒸了点心,给我挎上竹篮,欢天喜地上路了。

小河潺潺东流,我逆着河流的方向,沿河岸西行。河边上草茂过膝,很多那种端午节包粽子的粽叶,还有艾草,香气扑鼻好闻。沿河的大杨树参天,树叶在风中拍打着,不时夹杂着鸟叫,那些声音都很谐美。有流水、杨树、鸟儿,一点都不寂寞。过了一个叫杨桃沟的村子以后,踩着河中的石板,涉到南岸,开始爬坡。直陡陡的坡,坡两边有梯田,也有羊群。上到坡顶,看见台上村了,我不禁兴奋得跑起来,直扑姐姐家,撞门而入。

姐姐住的院子中,挤着几户人家。大门右手边并列两户,坐东朝西,住着姐夫的两个兄长。正面两孔窑洞,姐姐住右边一孔,左面那家男人叫拴牢。院子中间砌有花墙,其馀则是鸡窝牛栏、柴房厨厦,几无空间。

姐姐放下针线,给我做饭,先捞一块南瓜说:"今年天旱,台上的南瓜比咱家的甜。"我嚼着南瓜,她又提起圪垯:"明天清早碾玉荽面,煮圪垯吃。"我喜爱吃哪几样,她记在心里。

村名台上,真的是一个高高的台子,视野广阔,山梁退到了很远的天边。大门外有一盘碾子,不远便是农田。早上姐姐端了半簸箕黄澄澄的玉荽,摊在碾盘上,我趴在碾杆上帮着推。转不几圈,玉米碾成碎粉,一股子清香味。冉冉爬上来的太阳,正好照在碾子上。

现在想起那情景,有一种说不出的温馨感。清晰地记着,姐姐双手摇着纱箩筛面,齐齐的剪发头轻轻晃动,朝晖把她的双腮映得绯红。她脸盘圆润，微笑时有两个浅浅的酒窝，说话时眼睫毛忽闪忽闪的，虽然左眼白翳，丝毫不影响她的美丽。

姐姐到地里收拾庄稼，叫我也去，她一边干活，一边问长问短，问我的学习，问祖父的身体，问母亲是不是纳鞋底熬夜了，问伯父和父亲何时回来，问村里的这个奶奶、那个婶婶，总之是关心不完的事情。七八天之后，母亲捎话说学校有老师了，要我回去。姐姐送我到下坡的地方，她站在坡上，看着我下到坡底，目送我走远，直到看不见影子了她才回去。一路上我也无心听鸟儿叫了，闷头跑回家，对母亲说："叫我姐姐回来住几天吧！"母亲说："她哪顾得上回来！"我说："姐姐总是想咱家和咱村里的人。"母亲长叹了一声。

那年中秋节，我失足从窑洞顶上摔下来，昏迷中在炕上躺了两个月。苏醒过来，母亲说："你姐姐来看你了。"我问："没有住？"母亲说："她忙。"我不再说什么，觉得眼睛里泪花打转。

一天祖父赶会回来，晚饭时说："在圪老湾碰上拴劳，和玉荷住在一个院里，说起来玉荷可怜，一天到晚忙死忙活，受人家气，男人脾气鲁，动手打她，他家两个嫂嫂挑拨，嫌玉荷不生男孩。"母亲说："当初不该嫁到台上，咱对那边情况摸不着，出嫁那天，让日本人扰乱了一下，觉着怕不好。"我躺在炕上，听着祖父和母亲的对话，心里怨恨起伯父来，姐姐的婚嫁都是伯父做的主。

过年的时候，姐夫来拜年，那是礼节性的，姐姐没来。

我本当去姐姐家拜年,身子没有恢复。到了夏天,姐姐才来,带着小英,进门叫我:"去门前沟摘豆角。"村西叫门前沟的地方,有土改分配的土地。

玉米地里间种,豆角挂得累累的,姐姐臂上挎着竹篓,不大工夫摘了半篓。她前头走,我拉小英跟着,爬上一条弯弯坡道。到了梁上一块庄稼地,角落上有一孤冢。姐姐对我说:"你大娘埋在这里。"我很诧异,伯母怎么埋这么远,我还第一次知道。

姐姐备着香火供品,摆到墓前,拉我叩拜,然后她放声哭起来。那天可能是七月初一,是个上坟的日子。我们当地习惯,重视清明节扫墓和十月初一送寒衣。七月初一上坟已不时兴,而且上坟不哭,像姐姐那样在坟里放声大哭的情况,我从没有见过。她哭得那样伤痛断肠,让我现在想起来心中还冷凄凄的。

我带小英在荒坡上采摘野花,姐姐哭得不停。我倚在地堰上,一仰头,看见天空瓦蓝瓦蓝的,头顶上有一朵白云,雪白雪白,像一朵花。我看着看着,忽然觉得那朵白云,就是荷花。其实那时候我真还没有见过荷花,只是想着姐姐的名字玉荷,觉得那朵白云就是荷花。回头看姐姐一眼,仰头看天上一眼,越看越觉得白云里有个姐姐。

我拉姐姐说:"咱们回去。"姐姐不睬,满脸泪水。我又拉她说:"姐姐你看看天上的云。"她头也不抬,但不再哭了。我们往家走,一路无话,我心里一直想着那朵云。

上四年级时,我转外地上学。随后祖父病逝,安葬事毕,母亲也辞离故里。一九五五年家住长治市参府街,一天母亲和我借了小平车，到附近煤站买煤。一进煤站大门，看见拴劳，他来煤站做事了。异乡遇故人，母亲高兴地说："有空到家里来，很近。"母亲并托拴劳捎话，想叫姐姐来长治看看。

放寒假前，我正期终考试，姐姐来了。母亲拉着她逛商店，看电影，备办年货。临走，母亲叮嘱再三，依依惜别。年后不久，拴劳带来不好的消息，说姐姐病了。母亲说："年前来的时候，看她精神还好，没多几天怎么就病了？"拴劳说："过年累的，老大老二家的碾磨还叫她推。玉荷人性好，有难处不说，到你们这里来高兴，回去难过，又累又气。"母亲说："我回去看看她。"

母亲想回去看姐姐是真的，可是，父亲忙公务，我和弟弟正上学，进门都要张嘴吃饭，母亲哪能离开一步？转眼入夏，拴劳又来说："玉荷病重，男人用马驮着进城看病，路上马惊，从马鞍上摔下来，给缰绳挂住，拖了很远，看着叫人伤心，才二十八岁，伤成那样……"我对母亲说："我要回去看姐姐。"母亲说："暑假回去吧。"我便掐着日子，等候放假。

一个星期天，我趴在炕沿上写作业，拴劳进来了。母亲搬了小凳让座，他坐下半天才张嘴，听见他说："玉荷走了！"我脑子嗡地一下，怔在那儿，钢笔掉在地上，拴劳和母亲还说些什么，一句也没听见。我好像还没有悟过来怎么回事，也不知道一个同学是怎么把我扯到门外去的。同学使劲拉我，大声说："说好十点钟去老师家，你忘了？"我这才说："不去了。"同学说："你怎么了？"我不再说话，泪水簌簌地涌了出来。

我仰脸看天,瓦蓝瓦蓝的天空,飘着一朵雪白雪白的云。我透过泪水,看见姐姐在那朵云中。那云,飘移着,渐渐地散开,渐渐地消失了。

一朵像荷花一样的白云,就那样走了,永远地走了。

同龄伙伴

铺岭那座两层小楼,算是我村的标志性建筑。位于大路边,或许自古即是开饭铺,供来往行人打尖的地方,所以有了铺岭这个名称。

我小时读书,学校设在铺岭。那是一个四合院,两层楼立在正面,东西各三间厢房,大门左右有耳房。正院西侧,另有朝着大路的门面房。过去是财主家的私产,土改以后,归了村里公有。除学校占用外,后来开过供销社,安过加工粮食的机磨。因年久失修,濒临倒塌,前些年趁我清明节回村上坟时,村里递给我一个请求拨款复修的报告。乡亲说铺岭那地方关乎风水,不可坍毁,而且原来即是学校所在,兴学建校,向财政要钱亦有正当理由。经过周旋,获得支持,将残破旧房推倒,原址上重新修了小楼。虽然只有两层,但立在至高处,墙后即深渊,从后面看去,犹似矗立在悬崖峭壁上,分外显赫。进村的时候,沿公路下来,很远就能看见这座小楼了。

小楼重修,已非昔时面貌;然而,我一到铺岭,总还会想起过去在那儿念书的情景。当年念书,是真正要大声念的,早晨到校,捧住各人的书,开始放声朗读,满教室哇啦哇啦,震耳欲聋。等到老师叫背书了,大家才静下来,把书本合上,一个接一个到老师跟前去背。老师手里拿着木条戒尺,谁要背错一句,伸出手来让打一板子,然后重背,背好了才能回家吃饭。谁家家长等不回孩子来,便知道是背不下书来,给先生扣了。我背书没有问题,小时记性好,背得流畅,不打咯噔,从来没有被扣过。

全村三四十个在校学生,四个年级,一个教室,一个老师。老师编过一首简单的歌,中午放学,集体唱着走出校门。歌词是:"路上不玩耍,事故不发生。回家中孝父母,要把功课交代清:国文识字和常识,算术和作文。"从这歌中,便知道我们学习哪些功课了。

国文课除了背书,主要是认字和写字。村里人们重视认字,日常生活中用到的字,像"犁耧耙耢,锹镢镰锄,笸箩簸箕"之类,有本叫"四言杂字"的书上都有。原来财主家的一套《康熙字典》,线装,大字本,搬到了学校,村里老人常去和老师拾翻字典。写仿,即请老师写好影格子之后,把影格子套在白麻纸下,用毛笔临写,这是一项绝对不能忽缺的主课,每日必写。写仿交给老师,老师用红笔判,写得好的字画圈,写错的字打叉,写歪了的字从旁边划一红杠叫"扛圪槛",互相比谁的红圈多,自然形成一种激励。我除在学校写仿,回家也写,祖父和伯父都会写影格子,内容是《百家姓》,从"赵钱孙李,周吴郑王",写到"司徒司空,百家姓终"。

凡在村里当老师,都有一手好字,遇上婚丧大事,楹联、幛子之类都须老师出场。老师如果书法不好,村民看不起,在村里便不会长久。数学在其次,"鸡兔算法"之类就算深题了。至于算地亩、算斤秤,村里自有人才,用不着老师。珠算最受青睐,先学加法"小九九",然后学除法"九归",村里比我年长的,和我同龄的,几乎无人不会打算盘。现在想来,珠算确实开发智力,把抽象的数学变成具象,易学,印象深刻,是为高深数学之基础。据说现在的小学,逼着孩子们学什么"奥数",似乎纯属害人,如果有教育家回头来提倡珠算,也许堪称为子孙造福了。

不善音乐、体育、美术,是当年乡村教师的缺陷。没有任何体育器材,老师只会领上一群学生跑步,早晨沿大路跑,那时候没有汽车,绝对不会发生沁源中学那种早操车祸。偶尔上美术、手工课,从自己家里找些材料,剪贴个图案,或是做个小玩意儿。基本不上音乐课,遇上外地工作人员回来,才请来学校教歌。如流行的抗美援朝歌曲,"雄赳赳,气昂昂,跨过鸭绿江","天上出彩霞呀,地上开红花呀",是从太原回来的人教会的。

乡村的传统音乐,则有八音会、戏曲、山歌之类;传统文艺杂耍,有踩高桥、打霸王鞭、扭小花戏等等。每年正月十五元宵节,是文化娱乐活跃的时机。记得有一年村里人们心血来潮,从河上砍回一棵十几米高的杨树,竖在我家隔壁的大院里,用两个铁车轮做转轴,搭起一架胡秋千,玩了几个月才拆掉。这种胡秋千,上面可以挂几个单人秋千,下面横杆供地面上的人推动,小孩还能坐在横杆上,横杆一推,秋千飘荡,推力越大,转得越快,秋千上的人又快活又惊心。现代游乐园中那种"过山车""海盗船",人是被动的;而打胡秋千同样心惊魂荡,但须手把脚蹬,更有乐趣。可惜这种胡秋千似已失传,我后来再也没有看见过那样的娱乐。

我伯父懂音乐,教我们几个孩子拉胡琴,用的是工尺谱。村里一批人热衷唱戏,一到农闲,便开始排戏。每年正月,除了在本村演,还应邀到别村演,参加县里的会演。古装戏常演《旋风案》,说的是刘墉访山东,路遇杀夫奇案。还有《曹庄杀狗》、《三娘教子》等戏,富有道德教化的深意。新编戏《王贵与李香香》,唱的是民歌调,《开花》曲调很动听、很抒情,饶有乡土情味。祖父演过戏,到我记事时,他已不再登台,会讲许多戏曲和小说故事。伯父编导、拉琴,偶尔也妆角色。戏台的上场口是鼓板、大小锣、钗和梆子,下场口是胡琴等,伯父是下场口头领。开演前要"吵台",上下场口有时合奏乐曲,《倒十番》、《打连城》等曲子,热烈而欢快,鼓板点得越好,节奏越显得铿锵。村里只有俩仨老人会点鼓板,惜已失传。村戏的那些乐曲,至今让我怀念,再也听不到演奏了。

伯父编过几个新内容的小戏,记忆犹新的是《一贯道》。当年会道门蔓延,政府予以严厉取缔。这出小戏很风趣,道徒烧香叩头,骑着扫帚上天,受到嘲笑。有天出村到杨桃沟演出，没想到这个村里真有一贯道，演出后，道徒受到教育，当天即自首，破获了一个暗藏的会道门。

我家大门上，挂过一块匾，镌刻着"进士"二字，款字似为光绪某年某月谷旦。土改那时，伯父取下来，把匾上文字刨光，做了厨用的案板。想来那个进士，必是捐纳的名分，应是曾祖父纳粟取得的，因为祖上没有人读过私塾，谈不上参加科举。全村没有出过一个举人。然而，乡村的传统文化，颇有一些玄妙之处，长辈中真有文化人，即使没有进学堂读过书，切不可小看他们的文化，《三字经》《千字文》之类，以至《论语》《孟子》里话，饭场上随口能说几句。我最早记住的唐诗，是跟祖父、伯父学来的，他们没有上学堂，谁知道他从哪儿学的？夏天的傍晚，在大石板上乘凉，人们讲起中国历史来，有声有色，趣味横生。"文化大革命"中，我有次回到村里，听人们闲谈，把中央的事情描绘得和戏曲里一样，谁是吕后，谁是萧何韩信，谁是周勃陈平，好像他们提前好几年把粉碎"四人帮"的事情预知了，真合了那句古话："欲知朝中事，山中问野人。"

少年时代在我们村里成长，既能接受文化熏陶，又感觉快乐温馨。后来却出过一件令人不悦的事情。

我们经常一起学习、一起玩耍的，有十几个年龄不相上下的伙伴。论学习成绩，我算好学生，考试挂榜在头名。六一儿童节举行全区少先队代表大会，村里推选我参加，独自一人走到区政府驻地，领回了上级的奖状。淘气、违规，也是常事。有次因为玩得误了上课，被老师罚站，四合院每个角上站一人，一动不动地站一个钟点，老师说解禁时才能动弹。倒也不是因为罚站了而怨恨老师，学生对老师不满总会有很多理由。夏季的夜晚，月华满地，一群伙伴碰到一块，不知因何骂起老师来，七嘴八舌，乱吵一通。事后不知是老师计较，还是村里党支部主动插手，把玩耍当成了政治。伙伴中年龄较大的是水旺，水旺父亲在整党中劝退，与村干部似有意见，水旺被认定为小集团的头。我母亲因为家务拖累，不能参加支部活动，也被劝退，我被当成水旺的同伙。村干部对我说："你们搞小集团活动，签名盖章，攻守同盟，签名单你拿着，要交出来。"真是莫名其妙，哪有什么签名单？干部仪态严肃，语含威胁，我心想造上一个签名单，看你们要干什么？从本本上撕了一块白纸，写了十多个名字，用家里的印泥，在每个名字下都按了我自己的食指印，拿去上交了。自此，大家不再到一处玩耍，我更觉没趣，转到了外地上学。回想这件事，觉得很滑稽，到我工作以后遇到案件，每每怀疑证据作假。如果和政治有了关联，制造假案的事，大概比比皆是。

自转往外地上学，和村里伙伴疏远了，信息却时而听到。和我同年出生的，村里有三人：庆馀、建中、德旺。最可悲哀的是德旺，早早走了。德旺人最老实，寡言少语，学习稍逊。他哥哥一条腿瘸，不便从事农业，到县政府食堂烧火做饭。大约是他哥在县里的关系，大同煤矿招工时，德旺招去下了井。一九六〇年五月，大同白洞煤矿发生特大瓦斯爆炸，死亡数百人，当时即已听到小道消息，传说国家主席刘少奇亲临大同，后来乃知到大同视问的是董必武副主席，因没有公开报道，下面相传，无不震惊。却万万想不到，这死者中便有我童年时的一个伙伴。

几个伙伴中，庆馀最活泼，聪明，贪玩。他二叔是知识分子，工作在外，家中很多线装书。庆馀经常把古书拿出来，拆散，分给同学，翻过背面做作业，想起来真是可惜，糟蹋不少好书。他父亲善做生意，管理供销社，他后来也到供销社工作，大约是接班，将有作为。只是农村习惯早婚，多子，负担不轻。我有次回村，见庆馀去乡供销社上班，骑着崭新飞鸽自行车，兴致勃然。当时年方而立，正当神来气旺之日。但不几年后，听说他生病，死于肾炎。

建忠不像庆馀活泼，但有心机，学习好，善思考，有才干。有年中秋节，母亲在家里火上打月饼，我趁热取了，边吃边往学校走，上到坡顶，遇上建忠，离学校大门还有三四十步，两人约定闭着眼睛走，看谁先摸到校门。我瞎着走到路边上，一脚踩空，掉下去了。半崖上有酸枣丛，再下去是一户人家的房坡，幸亏酸枣丛垫了一下，如果直下去掉到房坡上，命恐难保。扎了一脸酸枣刺，并不算伤，撞得厉害是因为房坡上立着砖头烟囱，头触到烟囱上，当即昏迷，血流不止。但如果不是碰到烟囱上，再从房坡滚下地面，怕也没命了，碰到烟囱便是万幸。农村没有医院，恰好伯父从县里回来，他有一种止血的草，叫毛蜡烛，像柳絮一样，沾到伤口上。母亲背我回家，放在炕上，没有任何医疗办法，只能靠自己恢复，一躺两个多月。

我重伤在炕上，母亲难过，怪建中家的人不来探看。我掉下去的一刹那，似乎感觉建中碰了我一下，他也闭着眼走,无意碰到我身上也有可能,但我昏迷多日,事后确实想不清楚,自己瞎摸到边上踩空了,不能怪别人。后来见到建中,再没有提过此事。

我在长治上中学,听说建中进了武乡中学,欣慰中暗想,将来上大学时,或许我们有幸碰到一起呢。当我听说建中辍学回村,并且戴上"坏分子"帽子的时候,感到非常惊讶。一个青年学生,怎么成了坏分子呢? 不禁联想起村里调查小集团的往事,大抵同样是政治的原因。"文化大革命"结束以后,"坏分子"帽子随风吹去,身心伤痕却已很深。年华流逝,前程断送,即使满腹经纶,也只好仰天长叹了。

建忠像我们前辈一样,守着数亩田土,耕云播雨,安瓜种豆。我到省城工作以后,他来过几次,每有琐事托办。有次带来一些诗稿,我便知道他在农耕之馀,仍有闲情雅趣。其感怅惜的是,未能同他屈膝长谈,我有公务缠身,他也来去匆匆。那时总以为来日方长,等到退休以后,我便可以回村小住,少年伙伴重聚忆旧,也是人生快事。大约二〇〇三年某日,我参加一个会议出来,他在宾馆门口等候,送我一份材料说:"现在的农村,越来越不是我们小时候那情况了,麻烦事太多,躲都躲不过。"我看了材料,事尚可办,随口答应。当时感觉他精神欠佳,叮嘱以保重身体,他只说"多年胃病,不很要紧"。孰料宾馆门口的见面,竟然成了永诀。后来得知,他实际上早已查出癌症,自知做手术代价不菲,无钱就医,又不肯求告于人,只是消极等待,直至最后不能进食,死在家中,让人闻之心悲。

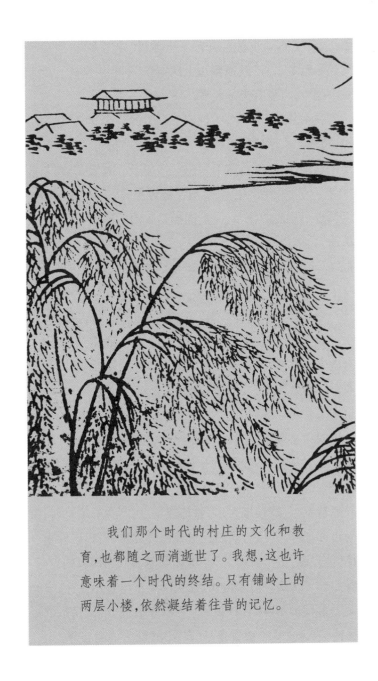

　　我们那个时代的村庄的文化和教育,也都随之而消逝世了。我想,这也许意味着一个时代的终结。只有铺岭上的两层小楼,依然凝结着往昔的记忆。

建忠的诗，多表现农家情趣，和我一样的陈旧笔法，当代报刊编辑多是新潮流者，恐口味不合。我曾把他的诗稿，交给一个杂志的编辑，不料该刊停办，诗稿亦未退回。只记得其中一首写种瓜的诗，写了南瓜、北瓜、东瓜、西瓜等等，然后说："农家的理想挂在瓜秧上"，"每个瓜儿都是在种瓜人的梦里长大的"，"每个瓜瓢里都浮游着一个梦境"。建忠最终是带着瓜儿的梦境走了。

这些年农村急速变化，吃穿住行显著改善。老年农民领到少许养老金，自度晚年，亦稍满足。但要说到文化，却是别一种情形。村里八音会解散了，秧歌戏没人演了，戏箱、行头导具、胡琴乐器等等，毁弃殆尽。尤其让人困惑的是，村里学校没有了。之前修建学校、增添教学设施，我曾尽过微薄，好端端的教室、桌凳、教学器材，都已闲置。农民进城打工，孩子跟着进城，或是专送小孩进城上学，大人陪同做饭而进城租房。总之是农桑兴趣减退，农家纷纷离土，村里剩下老人留守。没有学校，便没有生气，便没有了传道授业的文化氛围。电视和网文化覆盖了一切。金钱的需求超越了一切。城镇化的喧哗中，人们对先前农村的传统文化渐已陌生。

我不禁想问：村里还有人像建忠那样写诗吗？我的三个同龄人都已辞世，我们那个时代的村庄的文化和教育，也都随之而消逝了。我想，这也许意味着一个时代的终结。只有铺岭上的两层小楼，依然凝结着往昔的记忆。

县城旧影

　　武乡的老县城，现在称故县，南临漳河，北倚鼙山。城池依山而建，左右山如两翼，古有凤凰城之称。日本侵华期间，遭敌寇疯狂摧残，先烧后炸，一座建筑古典、环境幽美的小城，几成废墟。

　　研究武乡历史文化的志宽先生，曾与我同访故县，指点讲述那里的古迹。县衙门原址，是一处平阔的场院，缓坡而上，穿过龙门，上面原有文庙、观音阁、尊经阁、凉河楼等建筑，最高处为北台顶。城墙由石头砌成，依山起伏，俨然一座古堡。据说后赵皇帝石勒，曾在这里筑寨练兵，可见历史久远。城东山麓的村庄，名东河沟，相传是石勒故里。

　　鉴于老县城严重破坏的状态，一九四七年秋，党政机关迁往段村。地处老县城西十里，马牧河畔的段村，前清是武乡四大集镇之一，日本侵华时期，沦为敌寇的据点。敌伪驻兵数年间，修筑了城墙城壕、碉堡炮台，一九四五年八月，经过一场激战，歼敌八百馀人，段村解放。政府进驻后，武乡有了一个新的县城。

敌人修筑的高墙坚堡，俱被拆除，领导机关住进了古庙玉贞观。从前有城墙城门，才叫城。现在县城的概念，已非古代之城，只要是县级机关所在地，便自然成为全县的经济文化中心了。

但多年之中，人们习惯叫段村，而不说县城。一九五一年五月，公审汉奸郝泉香，各村群众代表参加大会。母亲在家操持家务，不能分身，对我说："你跟上叔叔姑姑们去段村看看。"村里十多人同行，就我一个小孩，徒步三十华里，到了关河边。现在这条河，水少得可怜了，当年却是波涛滚滚的。尽管河宽水急，涛声骇耳，大人们不想绕路走桥，挽起裤腿下了水。一位叔叔把我背在肩上，一只手提着鞋，一只手抓着我，走到河中心，水深到股，浪头击人欲倒，女人们不时发出惊叫，大家互相搀扶着，强渡上岸。

汉奸郝泉香，武乡有名的大财主，沦陷期间，携械投敌，充任维持会长，日本投降后潜逃他乡，被追缉归案。那天的公审大会，据说有三万馀人参加。我们站的位置，距离审判台很远，人影看不见，说话听不到，那时还没有麦克风。广场中间设了传话台，主席台说一句，传话台用喇叭筒向后传一句。"他说，他叫郝泉香……他说，他是武乡故城南沟村人……他说，他罪该万死……"等等，我能听懂的话，大概只有三五句。大会时间很长，站得腿困，不知道是怎样结束的，众人突然往河滩跑，我也夹在人群中，到了河滩，好奇心驱使，从大人们的胳膊底下窜到前头，看见了枪毙人的情景。公安局长李中秘，是我村女婿，所以认识，他握着手枪，似在验尸。

这是新政府以来，武乡判处的第一例死刑，特别轰动。路上听大人说，旧的县衙门杀过人，犯人临死前，有一顿酒肉吃，一叫他到餐桌前，他便知道要杀头，饱餐过后，趁势把桌子一脚踢翻，吼骂几声，便去就戮。初听这故事，有点毛骨悚然，但那天看枪毙汉奸却没有害怕，懵懵懂懂看稀奇而已。

二次进段村，是一九五三年春节之后，伯父到县里筹建兽医院，带我同往。一路走得很慢，每过村庄，伯父都被拦住，给人或给牲畜诊病。到了关河，已近傍晚，从铁桥上走过时，伯父特意指给我看一通纪念碑，碑上所镌修桥的县长，即是我村李玉田。夕阳斜照在石碑上，也照在河面上，水波中闪烁着灿灿的光影。

我住在伯父的单位，没事常往街上走，去广场看修大礼堂。那年代修一座礼堂，堪称大工程，我在村里已有所闻，屡屡看见下吴村拉木料的马车，从我家窑屋顶上经过，为修礼堂，把吴村的古庙聚福寺拆了。

广场非常空旷，除了古老的千佛塔，便是主体初竣的大礼堂，再无别的建筑。古塔历史不凡，修塔的阁和尚传说是神仙。日本人来轰炸时，佛塔无恙，反而落得机毁人亡。我听过这些故事渲染，到了古塔下便有一种神奇感。明知塔是十三层，偏要一层一层往上数，甚至数过有多少个铃铛。常常围着塔转圈,仰脸看那塔尖直刺苍穹,看那雁飞云移,看那塔铃摆动。风吹起来,塔铃叮叮作响,那种声音和骆驼走过的声音一样。当时货运还靠马拉驼载,段村街上常有驼队,骆驼到了广场,横七竖八,卧成一片。

当年春天的一件大事,是苏联斯大林逝世。我在兽医站看报,每日主要内容即是报道斯大林病情,文中苏联人的名字长而难认,我没带课本,靠读报认生字。斯大林逝世后,伯父剪纸扎花,做了一个花圈。追悼会那天,我随大家进了礼堂,花圈摆满人站满,时间不长即散。那天大礼堂首次使用,使我记忆颇深。也是自从那天,我便离开县城,外出求学,以后只有到了假期,才回乡小住。从那时离开家乡,意味着我的童年的结束,段村的礼堂、古塔、广场和骆驼,仿佛渐渐遥远,成了我的童年的依稀梦影。

榆黄公路未修通之前,尤其交通不便。期假回来,从长治坐汽车到沁县,再步行四十华里,才到武乡。返长治时,早晨从段村出发,徒步过聂村,渡涅河。河面很宽,水却不深,有石头可踩,为不湿鞋,仍须脱鞋挽裤。涉过河是沁县松村,村口有饭店,饼子充早饭,中午赶到沁州城。若是等不到太原下来的客车,须在旅店过夜。纸窗油灯,土炕苇席,多人并卧的况味,让今人听来,不过是讲故事罢了。

上初中二年级的时候,全国开展整风和反右派斗争,暑假延得很长。住在县城,伯父单位写了大字报,让我签名,我问写的什么意思,回答者说"意思是听党的话"。拿大字报到政府去贴,知道副县长高进廷当了右派。我们去看的那个家，不知是高的办公室，还是宿舍，外面糊满大字报，里面墙上也画成一片。后来听说，高县长不久便离开了人世。他本是教师出身，风度儒雅，备受人们尊重，批判斗争不过是迫于形势，奉命而为。

接着进入大跃进、大炼钢铁的运动。学校基本不上课，先是上山挖矿，后又下乡劳动。我在农村劳动时，目睹过敲锣打鼓，庆祝人民公社成立的场面。大队支部书记讲话说："各家各户的粮食，全部交给食堂，颗粒不剩，今后都过共产主义，你留下粮食有什么用？公共食堂放开肚子吃，还用你回家偷吃吗？再说你怎偷吃，烟囱能不冒烟，锅锅碗碗碰磕能不响，偷吃能不让人知道吗？"真是讲得斩钉截铁，社员谁能不信，谁能不听？公共食堂一哄而起。

"一大二公"成为一个时代风气，浮夸风、共产风、强迫命令风，危害遍及各地，武乡也不例外。县里工作队下村指挥，推行密植，种谷的三足耧改成五足。村里我的一位本家爷，责骂工作队，反对五足耧，因而挨了斗。密植造成减产。积存粮食吃空。公共食堂不得不解散。人民生活陷入极度困难的时期。

一九六一年暑假，我回到村里，乡亲们度日艰难，生产显著凋敝。以往回村，邻里亲族都来招呼，那年却见家家口粮不足，都不愿意添口加碗。去到县城，伯父正在开会，文件带回家里，戴上老花眼镜，一字一句往本本上抄写。我取来一看，即是"农村六十条"，正是这个文件，规定"三级所有，队为基础"，纠正"一平二调"的极左政策。"大办公共食堂"、"跑步进入共产主义"那些口号，从此被取消。

那次在县里住了些时日,看到旧街翻修,较前宽展,南面开一道新街,增添新的楼房,栽种绿化林木,面貌有所改观。街中有新华书店,虽店面不大,却不乏好书,我在店里买过诗集和小说。

伯父伯母租住段村村民的房子,位于正街西南。房前有一个大水池,池水碧绿,时而被风吹起闪亮的涟漪。据说是麻池,并不见有人沤麻。住在附近的媳妇们,常来水边洗衣,肥皂沫很快就会消散,池水依然清碧无碍。池边有大片的树林,参天的白杨树,枝叶茂密,浓荫遮天。正值炎夏,我在池边漫步,或是倚在树下,听鸟雀啁啾,感觉十分的清凉惬意。

一天晚间,我从家里出来,正是皓月当空,水池中朦胧着晶波光气,媚景迷人。绕着池边走去,树林间的鸟儿都已睡去,一片静谧。我忽然想到,这不就是著名的唐诗"鸟宿池边树,僧敲月下门"那种意境吗?我想,若要给这水池起个名字,恰好取用贾岛诗的前三个字,即是"鸟宿池"。

对于风景的感受,其实是因人而异、因时而异的。包括著名的诗词文章中,对于幽美景色的描写,无不出自作者的情趣。离开主观的欣赏情趣,绝对客观的美大抵并不存在。段村的人们对那个麻池司空见惯,也许不以为然,而对我来说,从那个月夜以后,"鸟宿池"便像我欣赏过的一幅名画一样,永久嵌在了我的记忆中。

我大学毕业时,远赴海南,听说伯父遭到造反派批

　　皓月当空，水池中朦胧着晶波光气，媚景迷人。绕着池边走去，树林间的鸟儿都已睡去，一片静谧。我忽然想到，这不就是著名的唐诗"鸟宿池边树，僧敲月下门"那种意境吗？

斗。后期伯父问题澄清，要求退休，返归农村。这期间，我与武乡县城亦暌违多年。

直到"文化大革命"结束，我在晋东南地区工作时，始与县里的联系增多。县城也在这个时期间变化出新的风貌。东声器材厂崛起了二十多栋楼房，气象大增。先已建成县医院和政府大楼，相继又有红旗商场、副食大楼和电影院等建筑落成，日渐人气兴旺。

一九八三年六月，东声器材厂黄金失盗一案，在武乡开庭审理，我与中级法院审判庭人员到了县城。此案一时轰动，人们纷纷拥来旁听，大厅内外人头攒动。宣判后反响尚好，我们紧张的神经顿然轻松下来，饭后外出散步。这时，蓦然想起"鸟宿池"来，按我记忆的方位寻去，却已不见踪影。经询问，方知工厂占据了那块地方，填了水池，砍了杨树，建了楼房，顿使我惘然不悦。

不知是哪一年县城改建时，大礼堂也被拆掉了。改旧建新，本来无可非议，却因为大礼堂留着我少年记忆的影子，内心甚感惋惜。

据说修建礼堂时，不仅拆了吴村聚福寺，而且砍伐了南神山的古树。聚福寺在康熙年间的县志上即有记载，应属明代以前所建。古人写诗曰："野寺临山径，秋初剑气冲"，"树密栖威凤，溪回立冥鸿"。可知这古寺原来之深秀与雄峻。当初为了新的建设，拆毁古迹，不独武乡如此，全国皆然。可叹的是，既然拆了明代古庙，伐了千年古柏，这礼堂便应该修成一座精心考究、长久保存的建筑。若是那样一座建筑物存在下来，也算是二十世纪五十年代的历史见证,何至于仅仅几十年就让它消失了呢。

近年间,武乡借助改革开放和旅游隆兴的时机,以重整旗鼓的气魄,将县城进行了大改造大扩建。八路军纪念馆、武乡电厂等项工程崛起,高速公路过境,标志着武乡县城迈入了新的规模。街道纵横,商贸繁盛,红楼绿树,霓虹喷泉,装饰一新,呈现出新兴城市的现代气息。红色旅游方兴未艾,开发鸿图频频展现,未来的武乡将会更加繁昌宏丽。

不过,人到老年,总会有一种难解的怀旧情结。我总也忘不了那个空旷的广场,广场上只有矗着的古塔的横着的礼堂,空旷中足以杂卧许多的骆驼。我也仍然忘不了那个"鸟宿池",那池水,那杨树,那林鸟,还有那个朦胧的月夜。我以为,如果那样的风景保留下来,或许能给人以一种更为亲切和自然的美感。

故乡的抗战文化

　　到我记事的时候，抗战告捷。村庄里一目了然的变化，出现在墙壁上，标语口号正在更新。"抗日""锄奸""救国"的标语，换成了"拥护土地法大纲"和"打倒蒋介石，解放全中国"。但有一条内容不变的标语，就是"实行民主"。伯父是村里的文化人，墙头的大字标语都是他踩着梯子刷上去的。他把"实行民主"四个字，别出心裁地画成一把茶壶。繁体字"實"，上面宝盖头画成壶盖，"母"是壶的颈，"貝"是壶身，左侧"行"画成壶嘴，右侧"民"是壶把，下面把"主"字画成壶的底座。茶壶画在村中最显眼处，同时画在我家西房外墙上。伯父画壶时，我在旁边看着学画，那时不懂得民主的意思，只是觉得茶壶有趣。在我的记忆中，村庄文化像山里烂漫的野花丛，组字茶壶即是其中的一朵鲜花。

抗战的烽火年月,我还在襁褓中。而从继后的种种文化现象中,依然足以领略抗战文化的遗风馀采。地处太行山腹地的武乡县,作为抗日战争的前沿,八路军的重要根据地,文化面貌发生鲜明的转换。那场战争经了八年时间,而八年之间所形成的丰厚文化,却会影响及于几十年,以至永久。因为文化有着无形的魅力,它虽然依托于物质,又可以脱离物质的东西而存在,它可以融入血液和灵魂,而世代传衍。

我的父亲身世很苦,从小给人放牛,未曾上学。抗日战争开始,他已经二十七岁,从那时才边工作、边学习,他的进步完全得益于抗战文化的熏育。我一直没有机会在父亲生前听他讲讲抗战的经历,只是在平时的片言只语中略有所闻。抗战前期,父亲在郑峪、北漳当过协理,有次彭德怀到了北漳,父亲曾被叫去询问一宗民事。后来做了公安工作,受命在路边开饭铺作为隐蔽。徐向前率部队路过饭铺,向父亲了解周围村名,父亲给他指画武乡从西到东的主要村庄,将军惊讶道:"武乡怎么这么长?"当时徐向前叫父亲跟他随军,父亲不便说明已是公安人员,只能婉言推谢。光复前夕,曾经配合侦察人员潜入东村,察看敌人工事,又被派往沁东区工作。抗战之后,进入太行干校学习,那是父亲生平第一次踏进学校的门槛。

父亲在太行干校学习时,我已知事,记得有本村炳和、永旺与他同行。炳和、永旺似在太行二中学习,后来都是党政机关的负责干部。武乡出来的老一辈干部中,许多人曾是太行二中、太行三中的学员。抗战期间,武乡还有五所抗日高小,大批青少年从这些学校中培养成材。战争环境中办学,艰苦备尝,学员们无不满怀报国壮志,沸腾着一腔热血。正是这批学员,成为了抗战骨干和事业栋梁。

抗战学校既是培育人才的园圃,也是文化传播的阵地。学校里活跃着各种文化活动,写诗,编刊,编剧,演出,秧歌剧和说快板尤其活泼而快捷,对于国际国内动态、抗日战斗事迹,都能及时宣传。

除了抗战学校,武乡并专设妇女培训。有康克清、浦安修、卓琳诸位妇女领袖,号召妇女投身救国运动,并直接辅导妇女教育。整个抗战期间,妇救会工作十分出色,妇女不仅访花织布、纳制军鞋,而且开荒种地、运送军粮,有的入伍参军,有的进入机关工作,显现了武乡妇女界的不同凡响的进步潮流。

母亲出生的蓝家垴村,村中大都是贫苦农家。从一个穷家嫁到另一个穷家,如果没有抗战文化的阳光照耀,母亲的一生大概会在绝对贫穷和愚昧中度过。抗战潮流中,她学了文化,走进光明境地,成为本村妇救会骨干。我还恍惚记着,母亲带我爬坡越岭,到外村参加会议的情形。随着家务的沉重,母亲从社会活动中退出,然提起当年,仍会浮现出一种欣叹和眷念之情。直到晚年,她还常在寂寞的时候,哼唱抗战民歌。

我听过许多抗战民歌,到底不知道武乡有多少这样的歌。源之于武乡和左权一带的民间传统小调,经过专业文艺工作者参与,使民歌艺术及其内容得到了提升和丰富。抗日根据地形成之际，鲁迅艺术学校、抗日军政大学、新华日报社等文化部门，相随进驻武乡，为这块古老的土地注入了新鲜的文化泉水。李伯钊、陈荒煤、徐懋庸等著名文化人士，一批专业文艺工作者，成为武乡抗战文化的中坚英彦。

一九三九年冬，八路军总部驻于王家峪时，朱德写了五言绝句《寄蜀中父老》："伫马太行侧，十月雪飞白。战士仍衣单，夜夜杀倭贼。"诗句奇崛、生动，给人以悲壮感，洵可千古传唱。这样的杰作唯有身临太行前沿，感心动目，乃能铿然成韵。抗战的武乡，也是诗歌之乡。许多诗人在这里写下了国恨家仇的慷慨篇章。诗人高沐鸿和冈夫，身为武乡籍人士，他们的诗歌更富于乡土气息。

我小时跟母亲学唱的歌，有歌颂左权的一个小调，歌词后一段是："左权将军牺牲，为的是老百姓，咱们边区老百姓，要为他报仇恨。"左权时任八路军副总参谋长，于一九四二年反击日寇"五月扫荡"中牺牲。人民唱着小调怀念将军的同时，朱总发表《悼左权同志》绝句："名将以身殉国家，愿拼热血卫吾华。太行浩气传千古，留得清漳吐血花。"这在诗歌史上，留下了民间歌曲与诗家创作相映生辉的一页。

武乡民间文化中，戏曲传统尤为深茂。武乡秧歌历史之久远，大概不逊于上党梆子、中路梆子等剧种。其演唱和音乐完美程度，无疑是经过了历代艺人磨砺和长期经验积累的。我小时村剧团常演《旋风案》，后来删除迷信情节更名为《红衣案》，戏中既唱秧歌，又唱上党梆子，我站

　　随着家务的沉重,母亲从社会活动中退出,每提起当年,还会浮现一种欣叹和眷念之情。直到晚年,她还经常在寂寞的时候,哼唱抗战民歌。

故乡的抗战文化

在拉琴的伯父身后,他的椅子下放着两把胡琴,伴秧歌用"剧琴子",伴大戏用板胡。"官唱梆子,民唱秧歌",两种唱腔并用,称为"风搅雪",这在地方戏曲中独具特色。

据说在抗战前,武乡已有七大戏班。抗战中组建"武乡县抗日光明剧团",西武乡组建战斗剧团。抗战胜利后,光明剧团上调长治行署,其中演武乡秧歌的演员分化出来,和战斗剧团合并为大众剧团。战争年代里,演员们不但没有在炮火面前退怯,反而受到爱国热情驱动,剧团愈加兴旺,四处巡回,演出频繁。尤见繁荣气象的,是各个村庄的农民剧团,几乎村村唱戏。区里县里组织会演评比,优胜者颁发锦旗和"鲁迅艺术奖",增添了村剧团的腾腾热气。除了演传统古装戏外,编演了以抗战为主题的时装剧目,如《地雷大王王来法》、《劳动英雄马来保》等。根据李季长诗改编的《王贵与李香香》,演出经久不衰,成为武乡秧歌的保留剧目。

我看村剧团演唱《王贵与李香香》,当然是在抗战之后,而这种演戏活动,实际是抗战文化的继续。不管是演员,还是观众,仍然保持着抗战时期的热情。大众剧团排演歌剧《刘胡兰》的时候,有天到禄村演出,村里人们闻风而动,我也跟着去看。到禄村的小路只有五里,但有一道大坡,叫白草凹坡。记得是晚秋时节,吃过夜饭,摸黑下坡,走得踉踉跄跄。到了戏场,已经开演,我钻在大人们的缝隙间往台上瞅,只能略知大意。回来的路上,虽已深夜,人们兴致勃勃,学着刘胡兰高唱:"数九那个寒天下大雪,天气那个虽冷我心里热"。那年我在大门外的坡下,垒有一个鸡窝,把邻家不要的公鸡收罗来玩耍。因为去禄村看戏,忘记了挡窝,夜里全给黄鼠狼吃掉。早晨起来看见满地鸡毛,难过很久,所以对那天黑夜看戏的事记忆很深。

小时候常听说演员郑桃英,名声如雷贯耳。襄垣县西营镇离我村二十里,是方圆出名的集镇。有次西营订了郑桃英的戏,因下雨涨水,演员过不了河,来了五个小伙争着背郑桃英过河,背过河后,郑桃英将擦脸手绢掉在地上,小伙子们捡起来留作纪念,五人争执不下,结果撕成五片,每人留了一片。这便是当年的追星族,由此而知,武乡秧歌曾经名重一时。

八路军总部与一二九师进驻武乡,根基日固,屡有胜仗。粉碎敌人九路围攻的长乐之战,主战场距我村不远,村里人们去里庄滩看过敌寇的战败惨状,多年后仍然津津乐道。嗣后在彭德怀指挥的百团大战中,最为激烈的一场战役发生在武乡关家垴。与其军事上的胜利相比,抗战文化的功绩也许更为重要。因为文化是精神的力量,抗战文化动员了群众,不仅保证了抗日军队的壮大和决胜,而且造就了尔后进军全国的丰熟条件。仅武乡一县,有近一万五千名青年参军,占到全县人口十分之一强,更有数万男女群众投入到支前行列。刘邓大军南下之时,武乡五千名干部随军远征,日后建功立业,足迹遍布南北。

抗战文化为何能以饱含威力,这是值得研究的,却也是非常明白的,那是因为它的旗帜是民族主义,是爱国主义,因为它的精神实质是人民民主。试想,如果不是给人民以充分的民主权利,怎么会喷发出那样巨大的热力,怎么会有那样绚丽多姿、遍布四野的群众性的文化花果？我还记得村里有"民校"，全称当是"民主革命学校"；有"民革室"，全称"民主革命活动室"，这都是抗战时期的产物。光明剧团编演过一出名为《改变旧作风》的戏，剧情以农村开展民主运动、促使干部作风改变为主题。此剧颇受欢迎，获得"突飞猛进"奖旗。作家赵树理曾任《新华日报》编辑，住在武乡北漳，从他写的《李有才板话》等篇小说中，亦可看到当年农村的民主气氛，政治生活是生动的，农民思想是活跃的。

自朱德、彭德怀以下，诸多党政军首长在武乡生活过，他们作风民主，平等待人，朴实可亲，与人民同甘共苦，给武乡干部和群众留下深深地感染。武乡多年中不称干部职衔，都是直呼名字，或叫"老李老王"，这种习惯只是近几年才丢掉的，现在对领导人一律"尊重"起来，开口闭口把"长"子挂在嘴上了。这虽然是一个称呼习惯的改变，却也让人感觉到官僚主义在滋生，而抗战文化似乎疏远了。

八路军总部进驻砖壁时，曾在土河村召开武乡士绅座谈会，表明实行民主、团结抗日的政策，动员各界有钱出钱、有粮出粮、有力出力，同赴国难。开明绅士响应召唤，对抗日救国和民主进步事业给予了真诚合作。大有村裴玉澎，是武乡财主四大家之首，土河座谈会之后，捐粮一千多石，因其多次慷慨捐献粮款，受到嘉奖，选为边区参议员。大活庄村杜青史，原在民国地方机关任职，抗战时弃官回家，在土河座谈会上带头表态，将家中钱粮大部捐出。然而,他们没有料想到,一九四六年土改运动来势凶猛,竟然丧命于暴力之下。

朱德在纪念抗战五周年时,诗中写道:"民主真共和,世界皆仁里。"这两句诗所表述的,正是抗战时期民主政治的情形。抗战文化贯穿人民民主精神,得益于此,始能取得各界信任,达到广泛的民众动员。抗战甫捷,即对做出贡献的开明绅士施以暴力,夺其生命,岂不是与抗战文化的精神背道而驰了吗?魏名扬游击队是武乡抗战中一支著名武装,曾依赖裴玉澎为之提供资助,裴被打死出于意料之外,这使魏名扬深感抱憾。

怎能不让人抱憾呢?凡背弃了抗战文化,背弃了民主精神的种种作为,无不令人憾惜而痛心。我常常想到伯父画的"实行民主"茶壶,从那茶壶上认识和理解了抗战文化,以为它是前辈留下来的一份宝贵遗产。那些官僚的、极"左"的、横暴的东西,总是要被历史唾弃的,只有民主的光辉会闪烁不灭。

二○○五年仲春时节,为纪念抗日战争胜利六十周年,我联系中国诗歌学会,组织一批诗人到武乡采风。县里安排一场以抗日民歌为主题的晚会,来自全国的诗人们都为之感动。到砖壁村采风时,村民载歌载舞,把我们带回了抗战的文化氛围中。其后在北京保利剧场举行诗歌朗诵音乐会,《武乡抗日民歌联唱》令全场震沸,掌声不息,在座武乡籍人士尤感自豪。

今年八月十九日,武乡举办八路军文化节,那天尽管雨下得不停,演员和观众兴致不减,雨中的热烈场面尤其可观。晚间看实景剧演出，《在太行山上》的嘹亮歌声，冲破雨烟夜色，回响在山水间。我们在这歌声中，再次领略了抗战文化长盛不衰的生命力。

兹于二○一一年十月记。

在艰苦岁月中磨砺

一九五六年秋季，我从长治市梅辉坡小学，考入长治二中。开学典礼会上，校长介绍学校历史和教学设施，说到图书馆藏书极富，唤起我对这所古老学校的兴趣和读书欲。那时学校富有师道尊严的传统，和如切如磋的学习风气，而且，德智体美、全面发展的方针得以贯彻，校园生活活跃而有序。

购置钢琴，成为当年学校一件大事。历来上音乐课，老师都是脚踏着风琴教唱歌。昂贵的钢琴，当时对于一所普通中学来说，几乎是可望不可及的事情。经过音乐老师竭力吁请，一架崭新钢琴竟然出现在课堂上，师生无不欢喜雀跃。春天到来了，教室前后垂柳依依，杨花飞舞。英雄街电影院正在放映老电影《夜半歌声》和《马路天使》，高中班同学把电影插曲抄写出来，张贴在墙报栏中。课馀时间,常常听到歌声在美丽的校园里悠悠飘荡。

意想不到的是,幽雅的校园突然被政治运动所惊扰。一九五七年暑假,是一个特别的长假。九月一日开学是历年惯例,这年却被告知"听候通知,暂勿到校"。通知姗姗来迟,一进校门,满墙壁的大字报扑入眼帘。我们尊敬的几位老师,打成"资产阶级右派分子",大字报上罗列着他们的"反动言论"。无论当不当"右派",所有老师都处于神经极度紧张的状态,难以倾心倾力于教学了。而我那时思想幼稚,对于政治一窍不通,直到班上把我作为辩论对象的时候,我仍然莫名其妙。辩论实际是批判,以前老师表扬我作文好、爱读书,批判的时候,又说我读"大右派"丁玲的小说了,读外国资产阶级作家的书了,作文中某句话违背什么主义了。我被辩论得不知所云,却不过是大风潮中的小插曲而已。

上级派来"红旗班主任",口号叫做"插红旗、拔白旗"。我虽被辩论,并非"白旗",仍和班上同学一样,投入了勤工俭学。指给我们一块地,远在东门外,借小平车拉大粪,一天往地里送两回。可气的是天旱不雨,土地干瘪欲裂,风一吹尘土眯眼。记得种了什么,大抵没有收成。种地不如当小工,跟着工程队揭瓦房屋,成了我喜欢的活计。比如溜瓦,从下面把瓦扔上房顶,房坡上另一同学伸手准确地接住,如接不好,不是瓦破,便是人伤。练熟飞瓦手艺,一个接一个越飞越快,越飞越觉有趣。更有趣味的劳动,是众人打夯,领头者唱,随从者"咳呼儿咳吆",随唱随编,唱词极尽诙谐。文学家说中国诗歌起源于打夯歌,我自从亲身打过夯以后便确信不疑。

大跃进的一九五八年，全校卷入大炼钢铁。在老顶山上，用钢钎铁镐挖掘矿石，然后把石块扛到肩上，踩着崎岖小道往山下搬运。扛到山底，浑身汗水，矿石扔在平地，负责收矿老师估摸分量，或七十斤，或八十斤，登记入册。稍一喘息，转身上山再扛，半天扛得三四回，衣服磨破，皮肤擦红，馒头烩菜来了，吃得挺香。除了挖矿炼铁，还参加修铁路，修机场，下煤井等等，不管路程多远，全靠两条腿跋涉，打起背包就出发。去往五阳煤矿挖煤多日，返校那天，遇上大雨，泥里水里奔波六个小时，回到学校时，衣服被褥全部淋湿。

跃进年代是没有暑假的，整个夏天都在劳动。除少数同学退学，绝大多数师生同心戮力，一起奋战。何时回到课堂上的，记得不甚清楚，印象极深的是那年的漫天风雪，宽广的操场上一片银白。操场以北，几乎没有建筑物遮拦，眺望雪野，简直像到了东北的大平原。体育大跃进是学校的突击任务，普及"劳卫制"，务求人人达标。冒着风雪进行体育锻炼，似乎比其他任何课程更为紧迫。长跑达标测试，从英雄街起跑，沿长邯路方向，跑到关村，雪花飘飘，一路伴随。正好语文老师安排一次作文比赛，我的参赛作文，题为"风天雪地的日子里"，描写我们如何冒雪锻炼，评为一等奖。

临近初中毕业，即是一九五九年春夏，虽仍有劳动，教学日趋紧张。经过一场政治运动，也是对学校校风的最好考验。长治二中不愧为一所有着深厚基础的老校，以师道为贵、以教学为先、以育人为本的优良传统,并没有被运动所冲垮。元气未伤,旗鼓重振,和学生一起劳动的老师们,包括戴了"右派"帽子的老师,当他们抖去尘土,重新走上讲台时,为人师表的儒雅风度丝毫未减,依然那样精神焕发,那样恪勤敬业。刻苦学习、发奋读书的同学,依然会得到学校的器重。纪念五四青年节四十周年,学校报请共青团山西省委,给我颁发一枚"红旗读书奖章"。回思当年,让人感到十分惊异的是,耽误那么多课程,都要弥补回来,真不知道老师们使出了怎样的神机妙计。就我个人感觉,确实参加了太多的劳动,耽误了太多的课时,但功课似乎没有多少缺失。初中课程,最难学的是代数和几何,最好方法是大量解题,数学老师整天伴随在我们身边。从早晨六点早自习开始,直到晚上七至九点晚自习,老师到得早、走得晚,凡复杂难题都要反复讲解,每份作业都要仔细审改。毕业之前,长治市教育局组织初中生数学竞赛,我夺得全市榜首,无疑是老师精心诲导的结果。

经过中考,升入本校高中。全年级两个班,即高七班、高八班,我在八班。进入高中学习,自然会萌生上大学的心愿。那时追求升学率之风尚未盛行,而高考成绩毕竟关乎学校声誉,老师自然会激励学子争考名牌大学,为母校争光。正当大家充满期待,努力学习,积极进取的时候,国家进入空前困难时期。饥饿的危急在突然间降临。"瓜菜代","浮肿病",成为一个时期的流行语。许多同学家在农村,家庭的困境,亲人的病患,使人无法安心学业。在校学生的粮食定量,略高于普通市民,但一再递减,伙食质量日渐下滑。每日八九两粮食的饭票，自己掂量，没有一顿饭敢吃饱。早上稀粥，少量小米加玉米面糊糊，一上午四节课熬不下来，肚子已咕咕叫。中午窝头，馒头则是一半土豆粉，一周一次肉炒撅片，称为"改善"。晚上菜饭，稀汤寡水，几根面条能数得出来。语文老师画了一幅漫画，画中人胳肘窝下夹一大碗，急忙奔向饭堂，一副饥不择食的模样，画得滑稽可笑，却是真实的写照。

面对困难，学校领导忧心如焚，为度过难关而想方设法。组织同学外出劳动，除上级下达任务，如"大办农业"下乡，及修建漳泽水库，此外都是真正意义上的勤工俭学，即是要挣钱回来补贴师生生活。在操场东北角处，办了翻砂厂，一段时间让我负责此事，我并研究有关技术，编写一本"翻砂手册"。课馀时间做工，每周开炉一次，偶有同学烫伤脚趾。虽然产品不精，坚持干了两年，亦获经济效益若干。翻砂厂停办，似乎与学校连续发生意外事故有关。炼铁炉所在位置，古时是神庙，学生伤亡事故发生后，周边居民风言风语，意谓炼铁鼓风机吹恼了神灵。

三次事故，第一次是修漳泽水库湖心岛，遇雨塌方，同学被砸土下；第二次是拉白菜，多名同学被拖车撞压；第三次是临时以旧庙大殿做大教室，早自习时大梁突倾，屋顶坠下，同学被埋瓦砾中。其中最惨重的一次，因为拉白菜出事。初冬储存大白菜，关系到整个冬季和翌年春季的师生生活，全校动员到菜场拉菜，任务分配班上，各班自备工具。开始是用箩筐担或抬，因路远量大，难以完成，于是想出了一个超级办法，即是借用运输公司卡车后面挂的拖车,装满一拖车白菜,拴上几条绳子,同学们前拉后推,全班任务便可一次完成。只是这种拖车又重又笨,不好驾驭,我班在拐弯处和路过农村街道窄狭处,曾经撞过人家的房墙,撞过电线杆,而最危险的是上下坡的时候。从操场后的北门进校,有一段较陡的土坡,我们下个年级某班,在这坡上肇成大祸。十几个同学有推有拉,非常吃力地把白菜拖车弄到半坡,突然失控,拖车倒退下来,后面的推车者被撞压倒地,三名可爱的同学当场殒命。这是母校为那个灾难的时代,所付出的一次沉痛的代价。

艰苦岁月不堪回首。一九六二年高考,逢上国家教育整体大压缩,成为历史上招生指标最少的一年。我们两个高中班,只有十几名同学有幸考取大学。按我的第一志愿,被录取到北京政法学院,决定我一生从事了政法工作。回想起来,少数幸运者能在那个年代升入大学,真的不容易,却没有任何理由值得自豪。试想,在我们身后,有多少老师,有多少同学,付出了多少的辛苦,作出了多少的牺牲!几十年来,一提到长治二中,我的感情波澜就无法抑止,那是一种交织着快乐与辛酸的回忆,是一种由衷的感恩,更是一种令人心痛的刻骨铭心的眷怀!

今天的母校,经过数十年发展,呈现出时代的新姿态,令人欢欣鼓舞。值此心潮澎湃,共贺百年校庆之际,不能不想起那些往事,许多师长校友的面容总在眼前闪现。能够从艰苦的岁月里走过来,把优良的校风学风传承下来,如此坚忍不拔,仰赖于卓越领导和一支出类拔萃的教师队伍。如当年的原平校长、赵连忠书记,与师生同甘共苦,关怀备至,颇受尊重。各种课程的任课老师,不仅富于学识和教学经验,而且具有深厚的文化修养和人格魅力,尤其是他们诲人不倦、献身事业的精神,言传身教,使同学受益良多。我很想具体写写每一位老师的事迹,想来想去,有那么多优秀的老师让人怀念,而且还有勤劳、朴实、友好的行政后勤员工,短短的文章中,不可能把那些熟悉的名字都写进来,但他们铭记在我的心中,让我感怀,让我敬重。长治二中的精神,正是一代一代的师生员工所共同铸造的,也必将一代一代地发扬光大,薪传不息。

二〇〇九年九月写于母校校庆前夕。

回眸我的大学

一　赴学初进京

高尔基著有自传体小说三部曲，其第三部即是《我的大学》。这位伟大作家的苦难的人生体验，与其极为丰富的社会阅历，都是常人难以比拟的。在他的青春盛年，抱着上大学的愿望而到了喀山，喀山大学是俄国著名的高等学府。他曾经写道："我梦想为了享受大学生读书的幸福，甚至甘愿忍受任何拷打。"然而，他的这一热望并没有实现。喀山的贫民窟、码头、面包房，成了他的社会大学。竟然是那样一种底层打工和流浪的生涯，锻炼了他的思想和才华。他在社会大学中，所获取的知识的丰赡和深刻度，竟然又是高等学府课堂上的任何大学生，所不可企及的。

我在上高中时，读了《我的大学》这本书。高尔基是我当年所崇拜的偶像。

一九六二年初入北京政法学院之时，看到校园不如想象中那样宏阔典雅，课程安排亦非"经简而直，传新而奇"那种理想的情况，这使我心情不悦。某些课程无异于浪费时间。懊悔没有报考别的学校，甚至觉得不如像高尔基那样去上社会大学。

以后想通了，这并非哪个学校的原因，一切是由时代背景，和特定教育形势所决定的。每个不同时代、不同社会背景下的知识青年，走着各自不同的学习、磨炼和成长的道路。高尔基不可能享受我们在学府中的"读书的幸福"，我们也不可能再去经受高尔基那种社会阅历。

考大学之前的复习备考阶段，因为没有新的课程，我请了病假。大概是读课外书过多的原因，睡眠不好，医生说我神经衰弱。回到家里，和父亲偶尔说起升学，他随口说了一句"还是学政法好"，他在抗日根据地做过公安工作。报考的时候，果然被宣传栏里一张北京政法学院的告示所吸引，没有作更多的思考，第一志愿便这样确定了。

高考在七月二十日进行，头天即考作文。两道作文题："说不怕鬼"，"雨后"。我选作前一题，一看便明白文题的含义，我读过何其芳的《不怕鬼的故事》。写这篇论述文，我信笔发挥，记得引用了毛泽东的词句："指点江山，激扬文字，粪土当年万户侯。"那时我很自信。一个月后，接到录取通知。

高平到郑州的铁路，那年虽已铺轨，尚未开通客运。

父亲送我,通过车站的熟人,搭乘没有窗口的煤运闷罐,到月山转乘卡车。傍晚在焦作车站,买到往北京的车票,我便与父亲辞别,翌日早晨到达永定门。

专接新生的校车等候在站前。乘车经过天安门,不禁心情感悦。进入校门,亦觉新鲜。行李放进宿舍,即刻出来观察环境,校园中花木蔚然,宿舍楼后面的操场却也宽阔,西边没有围墙,而是一溜浓郁的柳荫,隔开了校园外边的农田。

位于学院路的八大学院,均属五十年代新建,政法学院似乎是占地较小的一所。亦可知国家之于法学教育,并未予以应有之器重,瞻瞩甚浅。其前身乃北大、清华、燕京、辅仁四校之法科,采纳苏联经验的院校改革中,几家裁并而建了这所新校,到我入学,院龄恰为十年。

校门朝北。出大门往右,有一片树林,穿过树林便是通往北太平庄的大道。教学楼前面的东门,当时未开,草丛中淌着一条浅细的溪流,元代城墙遗址依稀可见。校园西面和南面的旷野,属东升公社的田园,院党委书记兼任公社书记,师生时而去田间劳动。

报到后的第三天,全体新生集会,院领导介绍本校状况及课程设置。政治类课程占了较大比重。虽有汉语课,目的不过是培养写作裁判文书,对于文学爱好者而言,亦不啻一瓢凉水。唯有图书馆的介绍,触起了我的兴奋。据说学校有五个书库,藏书二十五万册之多,凭学生借书证一次借阅五本,并有三个阅览室可供随时阅读。会后我即去了阅览室,果然室内敞亮安静,报刊资料颇丰。

领到教材,开始上课,大教室内五个班同堂。我坐了一个偏后的位,侧脸望着窗外的碧树和远处的秋野,心情安定下来。极力淡化对学院某些不满意的情绪,极力抑止对家乡和亲人的思念,极力忘却中学同学和那些愉悦的年华,理智告诉我,新的人生段落开始了。

过第一个星期日,我想应该出去看看北京。从学校步行到北太平庄,节省四分钱车票。然后挤二十二路车,直达六部口,前面便是天安门广场。边走边看,过金水桥,进了午门。参观故宫博物院,只是大略浏览,心想以后再来详观。出故宫后门,上了景山。极目四眺,晴烟袅袅,古都景色尽在眼底,许多历史故事和风云人物,不禁涌上心来。

在中学学习历史,或是阅读相关文学作品时,屡曾萌生进京一游之念。而当时交通和经济条件,不容许有此奢望。能够考上首都的学校,而且是在国民经济困难、教育压缩的情势下,无论进入哪一所大学,都是极幸运的事了。这天伫立在景山峰顶,自感心胸豁然,足以让人生出许多的浮想。想到来京学习机遇之难得,想到父母的春晖恩德,想到先贤的遗范垂训,想到未来的社会担当,一种劳筋苦志、面壁读书的志念,在内中唤醒着。

那天以后,景山便成为我喜欢去的地方。每当假日,独自登上万春亭,总会想到词家名句:“独上高楼,望尽天涯路。”那是王国维所说的第一境界。

二 政治逼人来

政法学院建校之初，即秉承了华北革命大学的政治传统，以革命干部为领导主体。一九五七年大鸣大放，主张学术自由的"旧知识分子"，贴出"不学无术的党棍滚出学校"的大标语，以钱端升为首的一批师生遂被打成"右派"。自此，学校走上了完全政治化的轨道。

先前的高考分数并不公布。偶尔在年级主任办公室，看到高考成绩表，我的均分为八十四分，并不理想，却是最高分之一。或许当年文科给分偏低，全年级录取三百名，均分不达七十五分。又据说政法学院招生，政治条件占较大成分，甚至有个别补招的分数不达线考生。

担任班干部者，首选党员。我班三名党员，党支部书记是年龄稍大的女同学。老孙头本来是周立波的《暴风骤雨》中一个农民形象，同学借用来称呼班上的领头人，略有几分幽默意味。支部上面是年级总支，总支办公室设在我们宿舍楼里，那里经常下达各种指示，诸如党团活动、思想教育、民主生活会等等。

我那时不是党员，指定为副班长，管理班上生活、卫生，领发书籍用品，饭票、烟票，事务种种。并非不热心为大家服务，而是书生气的缘故，不善与党支部配合工作。支部书记大概不大喜欢埋头在书堆里的同学，正如我不喜欢过分热衷于政治的同学一样。三年级改选班委，我不再担任副班长，虽为学习委员亦虚有其名，实际"打入另册"了。为此使我懊悔在中学没有入党，以至在大学里竟然低人一头。

在中学读过许多五四运动的书，对于一代富于理想和炽热的知识青年，心怀仰慕。毛泽东在长沙师范时，曾以"二十八画生"名义发出征友启事，联络成立学习小组，后来命名为新民学会，不愧是一桩超群拔俗的书生壮举。高中一年级时，我有意仿效前贤，联络学友，起草了成立学社的大纲。这不过是一个幼稚的设想，在给党支部交心的时候，把这件事交了出来，便更加幼稚。偏偏遇上支部书记高度政治敏感，向上面党委做了汇报，以为我有"小集团"嫌疑，加之我写的旧体诗受到质疑，进而联系在长治即写过批评市长的"反诗"，于是，等于在政治上判了死刑，大学里便绝无入党的希望了。

当我心事彷徨之际，两个女同学与我交往渐密。同学看了我写的中学回忆，态度与支部书记截然不同，她们特意写赠言曰："拜读此文，以诗致意，与你共勉，请勿见笑——你志树立于少年，坚持真理节不变。昔日稚气不可返，今朝大志待实践。愿你阔胸倍发奋，永做山巅青松、碧海红岩！"落款是"你的两个同学"。我大约猜得出两人中谁是主笔，朦胧地感到有了知音。之后常带着课本，到她们宿舍学习漫谈。每逢星期日，三五同学结伴外出，到颐和园划过船，王府井蟾宫看过电影，长安剧院看过昆曲。

大凡青春年龄，频繁接近便容易坠入情网。然学校下达有不准谈恋爱的禁令，凡沾上此种影响，必于政治进步有妨。负责思想工作的老师召开大会，宣布在校不准婚恋的四项规定,所要求甚严,并批评说"有的班地下活动厉害,严重影响学习和团结"。她要求同学"又红又专,争取入党",言外之意,有恋爱问题的同学便不是又红又专,便不得入党。我自此减少了与同学交往,除了上课,大多时间钻在阅览室看书,曾是我深感寂寞的一个阶段。

一九六三年开展学习雷锋、学习解放军运动。诸如参加劳动之类事情,都能激发我的热忱。轮我值勤,会把宿舍卫生做得精细,床头桌边角角棱棱擦得一干二净。六月中旬到东升公社田间劳动,早出晚归,不请假、不偷懒,全神倾注,奋然自喜。心中的感觉,仿佛是高尔基在《我的大学》中所写的,在伏尔加河上参加的那一场富有诗意的英勇劳动。他写道:"心里很愿意一辈子就这样半疯半癫、痛痛快快地劳动下去。"

但到自我教育、思想汇报的时候,便觉十分乏味,以至厌烦。生活会上发言,往往言不由衷。冬季来临了,寒风刺骨,我却不想在室内安坐,爱在寒冷的野外游走。一天晚上,跑到学校西面的野田中。满地积雪,夜色中闪射着白光。我漫无目标地奔走,寂静中听着脚板与雪的摩擦,那声音让人兴奋。田埂壕沟,坎坷不平,我深一脚浅一脚地趔趄前行,一直走到了明光村。回到宿舍时,几乎冻僵的耳鼻,好大工夫暖不过来,而心中的郁气冻跑了,剩得一身清爽。

高尔基的书中还曾写道:"几乎每个人身上,都有一些尖锐错综的矛盾,这些矛盾不只是表现在语言和行动上,而且表现在感情上,这种奇怪的感情上的矛盾尤其使我苦恼。"

他所说的"奇怪的感情上的矛盾",也许是在大学这个年龄段上最为突出。每个人的矛盾并不相同,不同时代的青年有着内涵不同的苦恼。我们处在政治挂帅的年代,所感受的感情上的矛盾,也许是当代大学生们所不可理喻的。

兴国是我邻班的同学,他一班,我二班,大课同教室。他酷爱读书,像他那样知识广博的同学,在我们年级屈指可数。可贵的是他坚持每天写日记,数十年如一日,所见所闻所感,记录甚详。我看过他的部分日记。一九六三年五月某日写道:"我感到四周冰冷,没有知心,有话向谁诉说?大学同学比中学复杂多了,不好相处啊!我怀念中学时代的朋友。"一九六四年一月某日又写道:"想到争取入党问题,像我这样不知什么时候才能加入党组织!看来在大学阶段解决的可能性不大,努力也不会有多大希望。我留恋我的童年时代,我羡慕天真无邪的儿童们,你看他们多么幸福、快乐,整天无忧无虑,不用搞什么思想改造、阶级斗争,也不会犯什么政治立场的错误。我真担心自己以后会不会成为左、右倾机会主义分子呢!我成天为此而防备着。我非常想成为一个真正的马克思主义者,但是这需要付出极大的代价的,道路不好走啊!"

兴国日记叙写真挚,至今读来,使我共鸣。

三　乐队小逍遥

入学不久时,我报名参加学校的美工组。祝贺建院十周年,举办书画作品展,用了我的一幅书法。

十周年院庆,时间是一九六二年十一月下旬,礼堂举行庆祝大会,由雷洁琼教务长主持,最高法院院长谢觉哉、公安部长谢富治、教育部长杨秀峰到会讲话,晚上演出了京剧。美工组的书画展,也是庆典的点缀,院领导都来观看。

我对美术向有兴趣,星期日常到沙滩美术馆参观画展。一九六三年九月"徐悲鸿逝世十周年纪念画展",展出国画、油画作品二百馀幅,《愚公移山》《巴人汲水》《九方皋》《田横五百士》等巨作尽在其中。关于徐悲鸿艺术主张的介绍,有"致广大而致精微"一语,使我琢磨良久,以为亦是我们读书所追求之境界。

美工组骨干,是邻班红涛同学,他拜著名画家王雪涛为师。我参加美工组时间很短,不久便退出,洵可遗憾。退出美工的原因是乐队拉我,乐队活动占据了有限的课馀时间,便不容兼顾。

我的器乐爱好,始于小时候学习村戏的胡琴。上高中前的暑假,借了学校的小提琴回家,同时从图书馆找书,得到一册外国人写的小提琴教材译本,照书练了一个假期,以后便摸索着自拉歌曲。非出名师手教,不可能成为正规琴手。政法学院似乎音乐人才奇缺,并不演奏高难乐曲,所以我尚可滥竽其中。除周末舞会伴奏,及文艺晚会演出节目,乐队主要任务是五一、国庆两节,天安门广场狂欢是必须参加的。

第一次在首都参加国庆大会,我们同学举花站场,提前两周即开始排练。左右手各持不同颜色的花球,按照信号或举或落,整个广场以不同花色的变换,分别组成国徽图案和文字标语。十月一日四时起床,提前早饭,五时乘车出发,到西华门下车后整队步行。六时进入广场,正当旭日初升。首都各所大学在这里汇合,洋溢着欢欣气氛,可以利用这个难得时机,串场寻访同学旧友。到庆祝大会正式开始,虽然等待四个小时,但觉得时光很快。九时后开始在划定位置上预演举花,十时鸣礼炮,奏国歌,陈毅副总理讲话,然后游行开始。十二时游行队伍过毕,全场人员迅疾拥向天安门,毛主席在城楼上徐步左右,向下招手,下面呼喊万岁,直到领袖身影在视线中消失。

首次拥向天安门时,没有经验,见人们骤然间奔跑,跟着便跑。跑出十多步,想起小包丢地上没取,包内有准备晚上加穿的防寒衣服。掉头回返,却见前冲的人群猛如疾风烈火,逆向而行便是灯蛾扑火。我扑了几步,即感会被踩倒,不得不急转回头。因此耽误,未能跑到金水桥跟前,但仰瞩城楼,情景尚为清楚。

散场后步行往西华门会合,在附近一所小学就餐休息。不参加晚上狂欢的同学,便乘车返校了。有同学取来我丢失的衣服,我边感谢边说:"丢了衣服不要紧,几乎出事!"同学莞尔笑道:"东西不会丢,事故不会出,天安门是吉祥圣地啊！"

下午五点以后，重新回到广场。同学在指定的位置围成舞圈，立起了标着校名的横幅旗帜。学校、机关、工厂舞圈相邻，满广场旌旗飘飘。八点狂欢开始，放第一次礼花。礼花放毕，音乐声起，各单位在自己圈内载歌载舞。我们乐队和歌舞队的共同节目，除在本圈内表演，并与其他大学交换串演。第二次烟花放过，晚会达到高潮，时有中央领导走下城楼，来到大学舞圈里同舞同乐。到放第三次烟花，接近尾声，十一点半钟陆续散去。乘车回到学校，食堂留着晚饭，至午夜一点，一天的活动方告结束。

如此国庆集会，连续参加五年，除了站场举花，便是游行队伍中扛旗。晚上狂欢，亦年年如此，只是从一九六四年"反修"以后，跳交谊舞变成了革命歌曲伴奏的集体舞蹈。五一节庆祝，白天在本校开会，就近游行，晚上广场狂欢则同国庆一样。烟花年年有奇葩异彩，我们的音乐歌舞亦年年有新节目奉献。

乐队兴旺时，有五六十名队员，管乐、弦乐、打击乐俱全，并有民乐分队。校内人工湖名曰小滇池，乐队曾创作交响乐《小滇池畅想曲》，表现师生的学习生活。政教系同学中较多印尼归侨，他们时而带着吉他到乐队来，演唱印尼歌曲。苏联歌曲风靡一时，印尼《梭罗河》、西班牙《鸽子》、古巴《西波涅》等等，亦为同学喜爱。自阶级斗争的弦索绷紧，音乐舞蹈史诗《东方红》在大会堂演出后，革命历史歌曲盛行，外国歌曲的旋律便从校园里消失了。周末舞会取消，乐队无须伴奏，但我们仍然经常聚合，吹拉轻音乐,自得其乐。

高尔基在喀山时,面对着"仇视与残忍"、"极端愚蠢无聊"的现实生活,曾经烦闷得要死。他为了减轻苦闷,开始学习拉提琴。他写道:"每天黑夜在店里拉提琴,把更夫和老鼠也搅得不安宁。我很喜欢音乐,用狂热的心情来学习。"

我在乐队活动,亦似有一种解除苦闷的狂热感。乐队成为我另外一个人际圈子,而且由优美而轻快的音乐相伴着,能以借此回避一些令人厌恶的活动,避开那些争长论短的矛盾和烦恼。

四 痴迷课外书

政法学院将哲学(辩证唯物主义与历史唯物主义)、政治经济学、中共党史,设为主课,占用主要的教学时间,而且作为期终考试的主要科目。这种课程的内容,从中学政治和历史课中已知梗概,相关书本我也读过,许多教条耳熟能详,所以引不起我的学习兴趣。

接着安排的一门主课,名为"国家与法的历史",属于法律专业必修,教材中却贯穿阶级斗争观点。教学宗旨明确为:批判资产阶级反动思想,树立无产阶级革命思想,联系实际,剖析自己,以达到世界观之改造,将专业学科变成了政治思想教育课。我原先以为是一门新鲜学问,拿到讲义大致翻阅一遍,立时兴致索然。

因为五个班同上大课,同学争先去占座位。我却从来没有坐过前排，不爱专心听讲，不爱做笔记，坐在后排挟带课外书看。临到期末考试，突击看讲义，试题大多重于理解，临场随机发挥，成绩便没有问题。我的考分大多为优，不会批评我学习不好，但多数同学并不知道，我把精力用在课外书上了。

汉语课讲过几篇古文，是刘勰《文心雕龙》中的篇章。而大部课文，则是毛主席著作和当代政论，让我们背诵《关于重庆谈判》等文篇。作文课给出的题目，竟然是"谈思想革命化"、"谈廖初江学习毛著的精神"之类。如此语文教学，几无深度可言。我不想为之耗费时间，只能自找书读，另辟蹊径。

在校图书馆教材发行处，买到从北京大学交换过来的教科书，有王力的《古代汉语》、周一良的《世界通史》，以及当年新出版郭沫若主编的《中国史稿》。我的阅读经验中，意识到学习古汉语的重要，因而专找文言书硬啃。我以为学习古汉语，不仅为掌握中国文化的工具，而且它本身即是读书人文化素质的养成途径。学习汉语教科书的同时，从图书馆借出了《论语》、《尔雅》、《左传》和《史记》。对于文艺作品的阅读，重点亦转向古典，读文言小说《搜神记》、《世说新语》，以及鲁迅校录的《唐宋传奇集》。白话小说看了《三言二拍》，凌蒙初的《拍案惊奇》当时尚未公开发行，学校图书馆可以借到。元人杂剧的精采作品亦多，读至忘怀之处，竟随剧中情节而哀乐。

位于文津街、北海公园右边的北京图书馆，是一个令人神往的去处。到那里阅读线装本的古籍，真可心专意静,看一整天都不想出来。但我从学校去文津街,挤公共汽车,还须饿肚。早饭时从学校携两个馒头,夹少许咸菜,可供中午充饥。到图书馆闭馆,傍晚回校,食堂关门,只能随便找些零食对付晚饭。因有所不便,去北图看书只是寥寥数次,而那个朱红木门、绿色琉璃瓦的古雅的文津楼,却使我不能忘怀。坐在静谧的阅读环境中,轻轻翻动着珍稀的版本,自然是一种文化熏陶。

一九六三年秋季开学,得悉故宫文华殿举办"纪念曹雪芹逝世二百周年展览",第一个星期日即去参观。关于"曹雪芹的家世与《红楼梦》产生的历史背景",看得尤为仔细,并且做了笔记。在中学看《石头记》时,并无深切理解,参观中却每为作家的悲壮所感动。正如曹霑的朋友敦敏所写:"傲骨如君世已奇,嶙峋更见此支离。醉馀奋扫如椽笔,写出胸中魂磊诗。"时隔不久,李希凡来学校作红学报告。我借出书来再看一遍,摘录书中许多诗歌。伟著整个是一篇"胸中魂磊诗",而穿插于书中的诗作,亦丽句深采,悲情感人。

对于古典诗词的痴迷日深,我把《诗经》、《古诗源》等置于身边,随时翻阅。每有感遇,写几个七言句,但很长时间内不能熟练格律,造句大多生涩。直到离开学校,到了海南,写诗稍觉得心应手。大学那几年也做新诗,遇到节庆纪念,给班上编贴墙报,每次发一篇小诗,大都是不伦不类的自由体。

上党史课的时候,在课堂上走神。忽尔想到,如果把五四到大革命那段历史写成话剧,真实人物和悲壮史诗搬上舞台,一定会惊魂动魄的。有了想法之后,找来不少剧本和戏剧知识的图书,研究话剧写作,诸如塑造舞台形象、烘托故事情节、安排起承转合、分场分幕、台词创作、布景设计等等,都已略知要领。经过酝酿,开始着笔,写了两场戏,方感历史主题过于厚重,尤其名人登场,史实的表述太难把握。再写下去,只恐徒劳无益,因而想向领导同志和名家请教,或者推荐给专家去写。我给田汉写过一信,知他时任戏剧家协会主席。但不久便得悉文艺界开展整风,影剧作品相继罹祸,田汉因鬼戏《谢瑶环》而受批判,寄出的信只能石沉大海了。

后来想起自己的幼稚和冲动,不禁哑然失笑。但我那时确乎年轻,似有一种精力过剩的感觉。

"我总想满腔热情地去干一项工作,有种力量总是在推动我,使我不安于在教室里坐下去。那样的课有什么可听呢? 老师在上面背书,学生在下面记呀记呀,甚至累得满头大汗,到了考试的时候又轮到学生背给老师听了,完全是一套教条主义! 用什么来充实我们的精神生活呢? 只有去工作、去创造,摆脱眼下的现实给我们造成的困境,解放自己的精神,释放蕴藏的热情吧!"这是当时寄给长治老同学的信中,表述过的一番心情,现在已不堪重读。

高尔基在喀山那几年,读过不少好书,包括一些通俗小说,他说:"这些书鼓励我去追求那种还不十分明确、可是在我心里已经感到比眼前这一切更有重大意义的东西。"

我作为一个在校学生,而不能安分守己地上课,这大概也是因为一味痴读文史书籍,影响着我的思想性格。

五 四清峨嵋行

一九六四年秋季开学,学校传达"农村开展社会主义教育运动"的精神,此次运动清政治、清思想、清经济、清组织,称为四清。据称是一次比土地改革更为深刻的革命运动,土改解决农民与地主的矛盾,四清解决无产阶级与资产阶级的矛盾,理论何其高深! 不久又来文件:《关于高校文科师生参加社教运动的通知》。九月二十七日上午,乘车去人民大会堂,高教部长蒋南翔作动员报告。国庆节过后,不再上课,投入了参加四清的学习和准备。

出发的日子到了,这天是十月二十二日。早上八点集合, 汽车把人和行李一起送往北京站。全校赴四川的师生,包一列专车,因包车不能按正常时刻过站,行驶三昼夜始抵达成都,正好让我们看足了沿途的风光。

成都小住两日,然后兵分两路,一部分往温江,一部分往峨嵋。峨嵋县属乐山地区,参加峨嵋四清工作团的五个班,先到乐山培训。十月二十七日乘车,离开成都罗家碾招待所, 中午进入眉山县境。思濛江是岷江的一条支流,中午在江边的思濛古镇用餐,下午继续行进。到达乐山,摆渡船过岷江,登坡上到了凌云寺。我班同学的住宿,安排在藏经楼上。古刹已经成为乐山地委党校,既没有僧人,更没有经书可藏。我们在楼板上铺了稻草,打开行李,历时三周的战前训练就此开始。

训练内容，首先是两个基本文件，称之为"前十条"和"后十条"。另一重要文件，即是河北省一个大队的社教经验，称为"桃园经验"，原是王光美在河北省委会议上所作报告。花费时间最多的讨论，则是"怎样划分农村阶级"的问题，指导原则在毛泽东早年的一篇著作中。

十一月二十日培训结束，正式进村。峨嵋县二十六个公社，进驻四清工作队六千人，谓之"歼灭战"。符汶公社大南大队，即在峨嵋城南，工作队以夹江县干部为主，队长由该县书记担任。分配我到第四生产小队，有农业技术员刘运美一起工作。贫下中农代表左福寿前来接头，吃饭定在他家。

照着桃园经验，访贫问苦，扎根串连。白天下田劳动，或是入户走访，晚上召集社员开会。左代表身材略矮，脸色黝黑，似是一副天生的吃苦耐劳的相貌。一家挤在低矮旧房中，除一床破旧薄被之外，别无他物。男人下田，女人带小儿，打猪草，喂两头小猪，显见生活贫苦。村中另一户姓尹的贫农，家境更为苦寒，走访时见他身瘦体弱，衣不蔽体，腿下夹着木炭小炉，瑟瑟发抖。我将一件棉衣送他，他立刻穿了出去，逢人便说工作队如何的好。

女队长叫桂芳，副队长叫果进，他们是运动对象，虽然照常呼叫社员出工，而心存不安，见了我们神色惶惶。经过多日调查，队干部在粮食困难年头，私分过几箩稻谷，即是本队最大经济问题。我找果进谈话，他出言搪塞，坦白说他的问题是犯了"男女授受不亲"。原来他是出家和尚，还俗后未婚，桂芳早年丧夫，二人便有了通奸关系。

因受过佛教训戒,以有男女隐私事为罪孽,一直为此担惊受怕。我解释说,通奸虽然错误,而四清主要查处经济问题。他说只要不斗争他"男女授受",经济问题都可交代。

扎根串连、调查干部问题,进行两月有馀,转眼临近春节。接上级通知,除夕之前,返回乐山集中。分别在各公社工作的师生,重新聚首,在乐山地委招待所共度春节,举行了联欢晚会。

春节过后,传达中央新的文件,称为"二十三条"。按照新的精神,运动重点是"整党内走资本主义道路的当权派",对基层干部则取"治病救人"方针,使其"洗手洗澡,轻装上阵",生产丰收成为运动的标准。

正月初十,重回大南大队。虽然还要划分阶级成分,召开忆苦大会,进行阶级教育,让贫下中农"牢记阶级苦,不忘血泪仇",但不再草木皆兵、斗争整人了,运动以来的惊骇气氛顿然消解。恰当春和景明,耕田、送肥、插秧、放水,田间一片繁忙。下田参加劳动,间歇说笑唱歌,黄昏评工记分,和社员们相处已很熟悉。队里养有春蚕,一次蚕儿断食,大家心急如焚,分头四出采撷。等到一篓篓嫩绿的桑叶送到蚕房,撒上蚕床,听着它们的喋食声,分外悦耳。

那些日子感到心情愉悦,竟让人不思其归了。但到端午节,菜籽、豌豆收罢,中稻长势正旺之时,工作队接到了撤离的通知。我和运美同志召开社员大会,向大家告别。临上车时,队干部和社员都来送行,拉住手、牵着衣,恋恋不舍。一些女青年抱住运美,泪花盈盈。

恰当春和景明，耕田、送肥、插秧、放水，田间一片繁忙。下田参加劳动，间歇说笑唱歌，黄昏评工记分，和社员们相处已很熟悉。那些日子感到心情愉悦，竟让人不思其归了。

行道集

在峨嵋县招待所开了总结大会,之后留出三天时间,师生同游峨眉山。游山毕,去往成都途中参观"收租院",即大邑县安仁镇刘文彩庄园,当年作为阶级教育场所,曾经名闻国中。到成都后乘火车,经西安小憩,六月十五日晚间回到北京。自离京,仅差一周即满八个整月,回首乐山的岷江流水,不禁感叹"逝者如斯夫"!

回校不久,收到大南大队干部和社员来信,满纸充溢着淳朴情热。记不起我是怎样写回信了,因为当时正在思想总结。根据上面指示,参加四清目的在于改造思想,改造效果如何,须写成书面材料,并在会议上发言汇报。此前在农村的明朗而愉快的情景,一回学校便掩上阴影。

思想汇报如何写法,我想既要符合领导要求,又不能尽说虚伪的政治空话。经过一番思考,写了如下几条:

第一,事实是什么?干部虽有缺点,基本尚好,烂了的是少数。大南大队支部书记,系从外地调来,家里困难,妻儿老小哭着要他回去,但他公而忘私,群众赞为好书记。

第二,贫下中农看法如何?八十岁老贫农何桂枝,对"四不清"干部说:"看到你们瞎搞,就像看到儿女学坏一样,心疼你们。"贫下代表左福寿被队长打过,队长在会上赔礼道歉,左说:"只要以后为人民办事,前事不说了。一时做错,算不了什么,想起国民党的保甲长打人好凶啊,千万不要成了过去的保甲长!"

第三,什么是人民的利益?我和大队书记交谈,说起六一年、六二年那么困难,农村坚持生产,秩序不乱,真不容易。书记说:"当时人心惶惶,如果干部撑不住,群众更受苦,我们顶住压力,不听信谣言,带着大家干,顶过来了。"我以为,这样的干部,便是代表人民利益。

第四,向群众学习什么?我在饲养员那儿,见拿鸡蛋喂牛,问他哪来的鸡蛋?他说:"贫农老尹看到耕牛拉力不足,把自家屋里的鸡蛋和包谷壳拿来喂牛,其他人看见了,都回家拿了鸡蛋来。"给集体喂猪的女社员沈淑清日夜操劳,不但喂好了猪,还为下田劳动的妇女们义务照料小孩,不要报酬,大家感谢她,她说:"不用感谢了,我身上很劳累,心里很高兴!"劳动人民如此淳朴的品质,值得学习。

第五,从何提高认识,改造思想?须看到劳动人民和基层干部的本质,学习他们的高尚精神。对照自己,个人英雄主义,想出人头地,名利思想等等,都与人民利益格格不入。出身于劳动人民,不能忘本,必下决心挖掉个人主义,树立为人民服务的人生观。

以上五条思想总结的要点,写于一九六五年七月。

六 风雷骤然惊

从"四清"归校,到思想总结完毕,近一个月,然后暑假。我乘火车回家,傍晚在新乡下车,遇上中学同学苗挺,他与我同年高考,录取到北京师大,家在长治。当日已没有开往长治的列车,我们只能在新乡过夜。

两人久违,晤面自然话多。从车站出来,沿大街漫步,边走边聊。说"反修",说"四清",又说到文艺界的形势。电影《早春二月》、《北国江南》，"鬼戏"《李慧娘》正在受到批判。尤使我们关心的本土作家赵树理，据说因为写"中间人物"，亦遭非难。我问苗挺："你学中文，是否还想当作家？"苗挺说："上了师大只能教书了。"我说："那倒未必，赵树理也是上师范的，只是现在写作品怕受批判，文学这碗饭不好吃了。"他问我将来作何打算，我说："本来是五年制，现在说政法机关缺人，让提前上岗，改学制为四年，只剩下一个学期，春节后到政法机关实习，毕业后办案去也。"苗挺说："当包公吧！"我付之一笑。

不知何时，我们坐在了马路沿上。又不知何时，我们横躺在了马路边上。天亮时分，打扫马路的女工把我们叫醒，才知道竟然在大街上露天睡了一夜。两人起来，揉揉眼睛，先是愕然，然后相视而笑。这事说给别人，也是一次趣闻。

暑假记不住是怎样度过了，印象中那是社会风貌较为良好的一段光阴。秩序安定，风气醇正，物质供应尚好。何曾想到，一个翻江倒海的动乱年代，即将随之而来。

一九六五年秋季开学，政治空气的浓度显著上升。教学安排完全着眼于思想改造，如同是四清思想总结的继续。继学雷锋、学解放军、学大庆人之后，新的学习内容是"王杰日记"。林彪提出的"活学活用"、"四个第一"，成为开口必念的禅经。置身于突出政治氛围之中，课程教学似已无足轻重，时间飞快流逝，倏尔又到寒假。回家过完春节，即到保定实习。我在火车上读着姚文元新作《评新编历史剧〈海瑞罢官〉》，对一场风雷的到来稍有预感。保定实习中间,传来紧急通知,速命回京,"文化大革命"熊熊烈火点燃了。

五月中旬回校,报纸上在热批"三家村"。六月一日《人民日报》发表社论:《横扫一切牛鬼蛇神》!当晚中央电台播出聂元梓大字报,吹响造反号令,校园由此大乱。听说康生、江青在北大讲话,我和几个同学走去北大,大人物已经离去。只见四处贴着大字报,造反的学生在演讲,却也没有在意大字报和演讲的内容,看了一回风景而已。接着有清华附中红卫兵,写了《革命造反精神万岁》,大中学校纷纷传抄。政法学院红卫兵由低年级同学发起,全院响应,旗帜纷纷打出,红袖章戴在了我们的手臂上。

一天上午在礼堂集会,造反同学呼吁揪出本院"黑帮"。我班的支部书记突然跑到讲台上,只听她大声呼道:"院党委是革命的好党委,保卫院党委!"全场顿时哗然,造反同学忿忿反击,把她从台上轰了下来。我当时十分惊讶。虽然知道她忠诚组织,与院领导交处较多,但也想不到她会在这种时候挺身而出,一举成了全院出名的保皇派。低年级的造反派,甚至把她拉到大院马路上,赫赫扬扬挂牌游斗了一回。

本班部分同学或有积怨,但不会像低年级那样粗暴。当天晚上召集班会,讨论本班红卫兵组织事宜,有同学率先批评党支部,便好像突然开了锅,纷纷发言,群起攻之,且有声泪俱下者。我也按捺不住,慷慨了几句,似乎要把心中郁气一吐为快。

去往四川参加四清之前的那个暑假,年级同学集体军训,地点在官厅水库以西,河北境内的沙城。兵营受训十天,最后一天打靶,我的成绩尚好。军训完后,稍感身体不适,留在学校,没有回家。部分同学则联系东城区法院,到那里帮助工作。支部书记从东城区两次让人传话,嘱我休息疗病,不要过多看书。我为之感动,以为我从学雷锋到军训的积极表现,会使党支部改变看法。但到四清时,全班同学住峨嵋县大庙公社,偏把我分配另一公社。我的四清总结,及不久后的课堂学习总结,受到院党委副书记、教研室主任鲁直老师表扬,让我在全年级大会上做了典型发言。但到保定实习时,全班同学在法院或公安局机关,偏把我分配到预审科,预审科设在看守所,仍然是一只离群的孤雁。

班会之后,同学见我心有怨气,善意解释说:"四清和实习把你单独安排,因为你能独立工作,这是组织对你信任呀!"我说:"不用安慰,鸡虫得失,我在乎吗?"同学说:"你自己书生气,政治上不用心,不能埋怨党支部。"我说:"我已想过,人生百事自己做主,决不怨天尤人。"

最高法院按中央要求,派工作组进校。毛主席从南方回京,说派工作组"起坏作用,阻碍运动",造反派遂将工作组赶走了。召开批斗院党委"黑帮分子"大会,记得还是工作组当事阶段,指派下来让我发言。我说我对党委并不了解,负责人说:"鲁直培养你当典型嘛,揭发她呀!"还有同学说:"你在中学就写反诗,真正造反派,发言最合适。"领命已讫,连夜准备发言稿,翌日下午登台。几个院领导低头站在一边,鲁直老师也在其中。我站上讲台,手把稿子照念,头也不抬。念到点名批判鲁直处,斥责语曰:"你好像是用革命理论教育我们,实际上是给我们灌输修正主义,把我们培养成小绵羊,甘做驯服工具,不让我们造修正主义的反,这就是你们的良苦用心!"下面会场上立刻高呼口号:"打倒修正主义!打倒黑帮!"

从会场出来,心还在怦怦地跳,跑到操场上,想冷静一下。鲁直老师年轻时在武汉读书,追求进步,奔赴延安,投身革命,一直没有结婚,付于事业一片丹心。辅导我们学习,不讲空洞理论,针对思想问题,能把话说到同学心里。她在课堂上的长者风度,定格在我的脑海中,而在批判会上,却又看到了她低头弯腰的屈辱相,让我心里难过。我本不应该接受发言任务,当时推脱不掉,只有事后疚愧了。转而又想,毛主席亲自发动学生造反,似乎莫测高深,姑且随从形势,安知后事将何如也哉!

初夏的操场上,清风醒目,田野上飘来了禾稼的馨芬。清澈如镜的天空,挂出了一钩新月。新月映在游泳池中,像在微笑着为我宽解。我坐在池边,心情渐渐平静下来。

七　串联保定城

保定曾是清代的直隶总督府所在,民国以后仍为河北省会,向有古城之称。电影《野火春风斗古城》轰动一时,故事即是发生在保定,我记不住是何时看了,主演王晓棠的印象依然清晰着。一九六六年二月到保定实习时,市公安局同志说,电影里那条警犬是咱局里的。我到警犬驯养处看过,驯犬的同志颇为自豪,专门把上电影的那犬叫来,说它最猛也最灵。

从市中心顺街南行,过一石桥,便是南关。一眼便能看见看守所那座高高的岗楼,上有值勤战士持枪守卫。其大门正对岗楼,进去大院,左边两排平房,前排办公,后排宿舍。监所整体为八卦形状,岗楼底便是一个八角直井,其四道铁门,三门可入监号,一门通往外面。如不熟悉,进入井中,难辨方向,不知从何出入。我初到所时,曾被迷惑过,独具匠心之设计遂使我佩服。

看守所在预审科属下,科长、所长和一名看守干部,全科仅此三人。科长魏荣,为人朴实敦厚,工作沉稳干练。因无其他预审干部,我一来报到实习,即安排我上手办案。

记得某放射科医生强奸病妇的案件,颇感棘手。提审中屡有新的情节发现,只得延长讯问时间,过了开饭钟点仍不能结束。汇报审讯情况时,科长说:"此人在保定很有名气,熟识多年,没想到做出这种事来,既让人惋惜,又觉得可恨,只能依法惩办了!"又审一起凶杀案件,被告人供认不讳,口供却与证据完全不能吻合,我们到现场核实,科长摇头说:"这案子不能定,如果证据不确,只有放人了!"人命攸关,那人为何要承认自己杀人,谜团不解。科长决不轻信口供,他的证据观念,莛莛细谨的态度,表现出老政法干部的良好素养。

实习期间,发生邢台地震,保定震感强烈,全市紧张进行防震部署。我们在院子里搭帐篷睡觉,仲春时节,过夜颇觉寒冷。时间不长,地震警报解除,政治大动荡继踵而至,受命回校参加运动,实习未能按原定计划完成。

大串联的时候,我和一些同学相随,又到保定,并且串联较长时间,这与前面的实习经历不无关系。

八月十八日凌晨,全院同学集合,乘车前往天安门。到了广场,看见城楼前悬挂着大字会标,乃是"庆祝无产阶级文化大革命大会"。七点半钟大会开始,中央文革小组组长陈伯达主持,林彪副主席讲话,之后并有几所学校的代表发言。北师大附中女学生登上城楼,给毛泽东主席带上了红卫兵袖章。大会结束,百万红卫兵举着旗帜,浩浩洪流似的从金水桥前通过。呼声雷动的情景,以前只是国庆节才有的,这次破例,使我感觉新奇。翌日看报,得悉中央开过重要会议,领导核心排序发生变化,刘少奇、朱德位置后退,林彪、陶铸、陈伯达的名字到了前面。"破四旧"突然成为极响亮而威武的口号,首都所有大中学校闻风而动,轰轰烈烈的大串联开始了。

我随班上几个同学,戴了红卫兵袖章,乘火车南下。到了武汉,街市尚平静,路过一家照相馆,橱窗里有着旧戏装的女演员照,有着婚纱的结婚照,叫出照相馆的人喝令:"四旧不取掉,不怕砸你们的橱窗!"那人惶惶然,立即将照片撤去。翌日到长沙,满街学生游行,举着毛、刘两位主席画像,我问举刘像的同学:"现在是林彪副统帅,刘少奇靠后了,知道吗?"那同学说:"还是国家主席呀!"我想笑未笑,乃知地方上的敏感性不如北京。

时当盛夏,骄阳炎炎。白天出去散发传单,走过新建的湘江大桥,江风吹拂中稍感快意。晚间被邀去参加工厂的辩论会,夜半回到湖南大学宿舍里,仍然闷热难以入睡。本想南下广东,害怕羊城更热,遂从株洲转车去往浙江。

第一次看见西湖,果然迷人,乘小船在湖上游了一圈。划船少女告诉我们,两派辩论激烈,一派要造灵隐寺的反,周总理指示把寺院封闭了。既得知封寺,我们便不往山上去。入住浙江大学,大字报在暮雨中飘零,同学外出串联,校园一片冷清。

从杭州到了上海,复旦大学亦如浙大一样的光景,次日转陇海线西行,抵郑州逗留一日,无所作为,便想返校。上了开往北京的火车,有同学提议保定下车,以便借此机会,看望实习时熟悉的同人。

烈火在学校蔓燃之时,党政机关尚在观望,无不力避红卫兵介入。我们去到保定市公安局,竟被阻在大门之外。相识的同志走过,故意扭头不见,呼叫亦无回应。这种尴尬,当时大惑不解,我对同学说:"到预审科去,魏科长不会不见!"走进看守所大院,魏科长还算客气,却对我说:"串联是学校的事,机关没有接到文件。"他面无笑容,不想多言,我们只好辞别。

当晚住进河北农大,经同学商量,取来纸墨,由我执笔,写了一份长篇的大字报,题为:《致保定市公安局革命同志的公开信》。翌日去公安局门口张贴,标题赫然,大纸数张,盖满墙壁。信的大意,首先追述实习时的深情厚谊,接着以此次拜访受到冷遇而提出责问,然后宣传"造反有理"及"最高指示"种种,最后鼓动同志直追形势,奋起造反,莫再彷徨。我自以为,这封信辞婉意切,近情入理,应有感染力,却不知反应何如。

从保定返京,一进校门,有同学告诉说:"你妹妹来了。"大妹在山西上初中,想必是来京串联。我问同学,她住哪儿,同学说好像在西城区某个中学。我立刻骑了同学的自行车,跑进西直门,走街串巷,见学校便问。到了西单,又从西安门返至德胜门,走过十几所中学,虽没有找到我妹,却看足了大串联的气派。到处是红卫兵,到处是红袖章,在雄壮嘹亮的革命歌曲的声浪中,整个古城颤动着。

八　五洋捉鳖报

记不清是第几次伟人接见红卫兵,学校接受了协助守卫的任务。来自全国各地的大中学生,星夜集结,拥塞在东长安街。上午接见开始,从东向西如激流涌进,通过天安门时,骤作狂涛排山之势。我们守卫在金水桥前的同学,手臂相挽,如墙如堤,竟然阻挡不住激情喷发的少男少女的冲击。特别是女孩子们,口呼万岁,手挥《语录》,声嘶力竭,泪流满面,如狂如癫。至今我想起那种场景,仍以为是自古以来人类社会罕见的奇观。

八次接见之后,说是"复课闹革命",哪能复得起来!从批判刘邓反动路线,到"打倒刘邓陶",到"揪军内一小撮",斗争愈烈,敌对愈深,参与愈众,声势愈猛。在校既不上课,又不容静心看书,我便与同学相约,再去保定。进入冬季,保定形势丕变,不仅市公安局成立造反组织,省公安厅以至省委机关,全都陷入混乱。天津尚属河北省辖,全省院校集中游行,南开大学、天津大学的红卫兵亦汇涌而至,旌旗蔽日,呼喊震天。两派对抗的阵容形成,总督故府门前连日进行夜场辩论。两派各驾卡车一辆,主辩人站在各自车上,相互指斥对方,时而高诵《语录》,车上装有高音喇叭,并有大鼓助威,满街听众,子夜方散。

我和明祥、继立等同学住在师范学校,某夜观看街头辩论回来,围炉漫议。忽然想到当此局面混乱之际,应该写一篇评论文章,或许可以分泾渭、正视听。我说:"文题叫'保定向何处去',明祥你写。"是夜极冷,我在火上烤手,懒得拿笔。明祥说:"你口述,我动笔。"大约一个小时,文章作成,念了一遍,齐声道好。印刷厂对于宣传资料即收即印,不讲代价。早晨将文稿送进厂里,中午印好,整张新闻纸,大字排印,很快贴到了大街小巷。

上海造反派率先夺权,掀起一月风暴。保定在酝酿夺权中,支左军队立场与红卫兵发生冲撞。河北农大造成派起家最早、影响最大,自我们到保定串联以来,一直同情他们,军队却支持了对立面。驻军谢军长约我们政法学院红卫兵座谈,地点定在省交际处,同学有十多人参加,谢军长也带了他的多名要员。座谈始终在激辩中,军长目的在说服我们合作,同学决不改变观点,最后不欢而散。

一天早上,我在睡梦中被飞机轰鸣吵醒,起来一看,传单像雪片一样满城飘飞,河北省夺权了!新生政权名单中,竟然有我们同学,不知其何时放弃多数观点,站到了军队一边。当日传出风声,凡反对新生政权的红卫兵,将遭拘捕,甚至说拘留证亦已填好。我们闻此消息,顿时义愤填膺,黄昏提了糨糊桶,在大街上到处涂写标语。运输公司朋友开来一辆卡车,急如星火说:"赶快走吧!火车站、公路口都已戒严!"正值寒夜,恐怖的消息愈让人浑身发冷。司机绕道沧州送我们返京,西风呼啸,冰霜砭骨。凌晨回到学校,下车时冻僵的手脚若无知觉。

学校红卫兵组织,旗号变为"政法公社"。"政法公社"接管北京市公安局,不仅首都震撼,而且成为当时举国惊瞩的新闻。我们从保定回校,自然归属到"政法公社"麾下,但该组织主体是低年级同学,接管公安局并没有我们的份子。我除看书,便是拉琴,做了逍遥派。为庆祝学校革命委员会成立,在北太平庄的铁路文工团剧场举行晚会,著名歌唱家胡松华、马玉涛都来助兴。我参加了晚会歌舞伴奏,即是我在乐队的最后一次活动。

上面传下反击"二月逆流"的号令,"政法公社"拉出队伍参加游行。"打倒谭震林"等新的口号,让人感觉形势诡谲莫测。从保定亦传来新鲜消息,因驻军调换,河北农大造反派重新得到支持。几个同学商量,在校无事,不如重返保定,看看新春的风光。

尽管夺权与反夺权的斗争,使所有的城市陷入了纷乱,而冀中平原仍然在煦风的吹拂中,染上了浓浓的绿色。保定古城那些绿树掩映的小街,置于大平原的美丽画图中,显得那样协调得体,仿佛是画家的一个精妙构思。只是零乱的大标语和大字报,未尝不使整体的美感有所污损。尤其是把"走资派"押在卡车上大游行的情景,仿佛一座图画般的古城,突然变成了上演滑稽剧的怪异舞台。

河北省委刘子厚书记,在造反喧嚣时避走乡间,据说住在某劳改单位。被揪回保定游街时,造反派给他装饰一番,穿上了红红绿绿的梨园戏装。看过游斗场面,我对同学说道:"半年前我们写那篇《保定向何处去》的时候,哪里会想到形势发展成这样!"同学说:"江青指示'文攻武卫',下步形势谁知又要发展成什么样子?"正如辛弃疾词曰:"更难销几番风雨,匆匆春又归去。"春去夏来,武斗大戏拉开了帷幕。

偶尔与南开大学中文系同学相遇,交谈间都有写作爱好,便商定办一份小报。议了一个报名,叫做《五洋捉鳖》,语出毛泽东词中。《水调歌头·重上井冈山》有云:"可上九天揽月,可下五洋捉鳖,谈笑凯歌还。"当时虽未发表,却已到处传抄。市里设有红卫兵接待站,所需要油印机、纸张之类,都会供给。三四名同学一齐动手,小报很快印出,内容有最新最高指示、首都革命动态、保定形势评述、红卫兵诗抄等等。

我取一叠小报,去到驻军军部,军长、政委正好从会议室出来。小报递上,王猛政委即刻表扬。军长李光军日前与我已有接触,便不加寒暄,直呼我说:"政法红卫兵吧,正要找你们商量,到一个学校蹲点,搞搞大联合如何?"我说:"可以到保定二中,二中红卫兵基础最好。"军长点头同意,我先去找人安排,在教室里架了床板。军长来了,他和警卫和我,临时同住一室。召开了几次座谈会,倾听各方意见,军长耐心、沉稳、豁达,使我感佩。我为此写一篇纪实,登在了《五洋捉鳖》油印小报上。

因为回校参加毕业分配,我在仲夏时节离开了保定。不记得小报办了几期,南开同学的名字也已忘却。而有些篇目文意,却竟然记着,评论的观点虽然偏颇,甚而荒谬,但那文风,大有鲁迅的笔致。

九　万事到秋来

"文化大革命"首都五大学生领袖,即聂元梓、蒯大富等,"政法公社"首领陈荣金的地位,与他们不相上下。据说"政法公社"有谢富治支持,尤其接管北京市公安局一事,使其名声大震。但陈荣金其人,外表朴实无华,当上北京市革委会委员,开会仍骑自行车来去。到工宣队进驻,学生领袖背时,后期听说,陈荣金生病早逝。

当初红卫兵凡成大气候者,必须揪斗大人物。清华大学把王光美骗出中南海批斗,堪称一鸣惊人。民族学院批斗班禅时,事前遐迩有闻,那天晚上我去看了,秩序却是很乱的。"政法公社"绝不落后于人,中央政法机关领导人均在其揪斗之列,几无遗漏者。

杨秀峰时任最高法院院长,"文革"初即到学校来看大字报。搬了板凳,独自坐在大字报栏前,边看边挪板凳。我正好路过,随口说了一声:"杨院长来看大字报?"老人回头微笑说："你们写得好啊！"很难判断他的话是否发自内心，态度却是极慈和的。"政法公社"要开杨秀峰的斗争会，周恩来总理电话说："最高法院院长和我这个总理是平起平坐的，不要轻易批斗嘛！"批斗会依然开了，但有总理指示，限于发言批判，会场比较文明。批斗罗瑞卿的时候，却是极不人道的。当时罗已腿残，用箩筐把人抬到大操场的台子上，然后箩筐一翻，人被倒翻在地，造反派同学其动作之粗鲁，让人看不下去。

"政法公社"并批斗过政法界以外的人士，如批彭德怀，揣度其目的，一是为表明左派立场，二是提高本组织的知名度。强拉侨委主任廖承志来校批斗，更加显得滑稽。廖的职务与政法并不相关，批判的内容东拉西扯，被斗者本人似乎也漫不经心，站到大礼堂台前，还是一副轩昂姿态。

我所见最大的批斗会，除了在体育场批斗彭罗陆杨，便是在中央政法干部学校批斗公检法领导人。副总理兼公安部长谢富治，是人所共知的"左派"，杨秀峰院长已经住院，除此二人之外，中央政法机关正副职领导人全部到场，台前站成一排。张鼎丞检察长先也站着，因其年高七十，体力不支，才给一把椅子坐。从左至右自报姓名，最后一位报曰"公安部副部长李震"，造反派闻此大名，知他是"左派"少将，予以特殊照顾，免了他的低头。其馀"走资派"，则一律垂颈弯腰。一位副部长不肯低头，两个红卫兵上去猛力将他摁倒在地，那一瞬便让人着实反感，低年级同学竟如此幼稚，凶强不逊，近乎暴徒。我们自己不久将来毕业后，即要到政法机关工作，而曾经使我们敬重的这些老政法，却一个个成为悲剧角色。心头闪过这一驰想时，便像突然被霜雪打了一样，感到一阵冰凉。

运动初起，我确曾对造反有过激情。因为那时心中常有苦闷，对学校的教条主义、清规戒律，每有不满之处。某些稍有政治地位者，那种待人的矫揉、衡人的偏蔽、言容的霸气，那种由他们造成的紧张斗争气氛，让人感觉极不舒服。即使在学校当一个学生，似乎生活在被人监工的沉闷环境中。毛主席讲的是"又有统一意志，又有个人心情舒畅、生动活泼，那样一种政治局面"，而实际上常常是没有个人心情舒畅的。因而，"造反有理"一度迎合了我的想法，内心是真想冲破沉闷局面的，这也许是我在文艺作品中所接受的自由主义思想。及至后来看了一些批斗会场面，种种丑化和污辱人格的做法，以至震耳欲聋的呼喊，乃知这次运动并非我想象中的革命。

学校另有部分造反同学，不愿入伙"政法公社"，他们另立旗帜，但又势单力薄，揪斗不到大人物，竟然转而去批斗死人。办了一份"批瞿战报"，专批历史人物瞿秋白，并找到瞿的坟墓，掘墓暴骨，如同古代鞭尸之刑罚。这种恶劣闹剧，更为可笑可恨。通过"批瞿战报"，我读了《多馀的话》，深感瞿秋白身为文化人，忠诚革命却不善政治斗争，惟于文学尤所钟情，文章写得情味淋漓，其可钦佩却又是令人长为惋叹的。

学校革委会被"政法公社"低年级同学控制，我们圈外逍遥者，只能作冷眼相看。而在保定的串联，却鬼使神差地结下了不解之缘。河北农大红卫兵骨干，是几个北京的干部子女，他们认定自己必是捍卫毛主席革命路线，因而总是勇往直前。我们同学串联之始，便与他们站到一起，希望他们能够战胜。他们在省委绝食请愿，事后住进医院输液，我到医院看望时，确曾为他们的忠耿和执着所感动。直到他们获得驻军支持，将省委书记捉来游街，看到他们得意忘形那时刻，乃为他们的前景有了担忧。

交往较多的河北农大同学中，有一女同学小颜，家住北京东城。我偶尔到过她家，在一条宁静的胡同，一个古典的四合院中。她经常回家，顺便来我们学校传送保定的消息，性情开朗，说话时唇角上挂着笑意。国庆节那天她来学校，问我们同学何时重返保定，我告诉她我们分配工作，即将离开北京了。那晚没有参加广场狂欢的同学，上到教学楼的楼顶上观看烟花。小颜和我们同上楼顶，看完第一次放花。下楼送她回家时，她问："保定那形势怎么办呀？"我说："再斗下去，后果难料呵！"路灯光下，看见她收起了唇角的笑意。

宣布我们分配方案的时候，小颜又从保定回京。她得知我分配去广东，约我去动物园见面，意在送行。她弟弟带了照相机，拍了几张照片。秋天的园林显得萧条，尤其是黄栌叶子灿黄灿黄，时而随风飘落下来，让我有几分凄凉的感觉。

辛弃疾词中说："觉人间，万事到秋来，都摇落。"我想到上大学整整五年，许多时间却是搞了政治运动，形势翻来覆去，斗争不知何时是了，而自己年华流逝，一无所获，

古柳垂寒净
寒雅接翅师
幽人相与多
把卷送斜晖

王治梅写於申江畔

　　觉人间，万事到秋来，都摇落。我想到上大学整整五年，许多时间却是搞了政治运动，形势翻来覆去，斗争不知何时是了，而自己年华流逝，一无所获，却又要远走天边，友人天各一方，感触何已！

却又要远走天边,友人天各一方,感触何已!

小颜见我沉思,问我想什么。我回头,碰上了她的视线,秋波脉脉,让我一时不知说什么好。蓦然间,想到了保尔与冬妮娅的故事,心中说不出是一种什么滋味。

我问小颜:"你记得《钢铁是怎样炼成的》书中那段名言吗?"她似乎对我的问话感到惊疑,默然看我,我接着说:"我真的是为自己的碌碌无为而羞耻,虚度年华而愧恨!"

记不住后面还说了什么,我们在寒风中分别了。

十　辞行八达岭

遵照国务院发出的毕业生分配工作通知,从一九六七年九月起,我们可以在学校财务处领取工资了。自大串联始,班上同学四分五散,分配工作时才聚到一起。许多同学久别重逢,仿佛竟有隔世之感。

一次我从食堂出来,曾遭批斗的我班的支部书记蹲在一旁吃饭。她站起来看我,我走过去,她问:"你到哪去串联了?"我说:"去了保定。"她说:"有时间谈谈,可能有些误会。"我说:"事情过去了,大运动一来,感到都很幼稚。"她说:"来日方长,凭你的才干,将来会有作为。"我说:"谁知道将来怎样,跟着形势,各奔前程吧。"这是我在"文革"中,和她仅有的一次对话。从那以后,再也没有相遇。多年后听同学说,她患精神分裂症,及至竟然中年病逝,闻之不胜凄然。

等待分配那段时间，同学大多无所事事，常玩扑克牌。我们四个同学饭后散步，走到学校西边的铁道上。西直门往张家口的铁道，运行火车似乎很少。同学身上装着扑克，坐在枕木上贪玩。不料火车由北向南驶来，一阵紧急鸣叫，惊吓得我们连滚带爬，纸牌散落一片。列车急刹，车头到玩牌的地方只剩五六米距离。车长说："真险哪！千钧一发！"打开记事本，让我们四人逐一签字，作为事故记录。

经火车一吓，我又想到读书。高尔基在《我的大学》中，写到他的一段苦闷生活时说："我个人感到最需要的是书籍，此外一切东西，在我看来都已经毫无意义了。"

历经一年多造反征尘，目睹过种种矛盾斗争，人情世态看得比以前透彻，真正觉得许多事情"毫无意义了"。百事不如读书好。唯有读书，可以在无聊中自慰自怡，可让人参悟一切，消解一切，让心灵达到别一种境界。读进书中，便仿佛升至了高处，来俯瞰这尘世。

学校图书馆重新开放，我去借书。翻着图书目录，心下思忖，这种时候还是读小说、笔记为宜。如《孽海花》、《镜花缘》、《饮冰室文集》之类，以前没有看过，正好趁机补裨。

埋头看了几本书，倏然两个月度过。中央要求大学生毕业分配面向基层、面向边疆，我在志愿表上填报了边远省区。但个人志愿只是参考，学校革委会统一安排，本班由景龙同学负责。景龙会乐器，又和我同宿舍，床挨床睡，两人常常合奏小曲，我拉二胡，他弹三弦，或吹竹笛。我在保定串连期间,不知他怎样当上了班头。我说:"你当头很好,给我分配个好地方。"他避开我的问话,只说:"谁都是好地方。"我说:"到底让我去哪?"他说:"合奏一曲《雨打芭蕉》吧。"边说边拿起了乐器。到宣布分配结果的时候,我才明白他和我演奏一曲广东音乐,原来是暗示我去广东。

分配去向确定之后,已接近腊月年尽。因为须待各省区反馈,而全国尚在武斗中,大多不能正常办公,我们便可以回家等待。同学们收拾东西,各自准备离校。没用的书报,包括讲义和政治读物,卖了废纸。暂不带走的衣被用品,打包好集体存放。经过一场运动,同学中的某些思想芥蒂,变成表面的冲突,相互关系中不愉快因素似有增多,到最后,没有一次全体聚会,没有一张集体合影,索然分镳,四散而去。

回到高平家里,晋东南两派正在鏖战。父亲说城里很不安全,让我和三弟,回老家农村去过年。

河南的武斗形势,大可与山西平分秋色。郑州到长治的铁路屡屡被炸被封,火车极不正常。等候至傍晚,始见刷着"二七公社"大标语的列车开了上来。挤上火车,坐到长治北站。在车站捱到天亮,晓风中开始步行。午时路过襄垣县城,纠察队拦住搜查,问我:"红字号?联字号?"我说:"从北京回来过年,没有字号。"翻我的包,除了干粮,别无他物,顺利过关。出襄垣城,遇同路人说抄小路近便,而且没有纠察。于是下了公路,跋涉到崎岖的荒坡野道上。脚痛腿酸,走走歇歇,天色渐渐黑下来。摸黑到了叫李后沟的村庄,人已睡静,姑母家在这村里。叫开大门,姑母点起油灯,略问情况,要给做饭,我说想睡,热水泡了脚,倒头便睡。翌日醒来,腿疼得不能下炕,掐指一算,步行了一百二十华里,整整十四个小时。

我老家本村叫行道岭,我姨母家在蓝家垴,几个村庄相距不远,走来走去,住有两月有馀。偏僻的山村里果然安静,几乎觉不出有什么大革命发生。农民依然"日出而作,日入而息",虽然艰苦,却也安宁。乡亲和我聊天的时候,总是这样说:听说北京红卫兵把皇宫包围了,听说城里武斗开了吃求沙炮弹,听说灰衣服军队和黄衣服军队列阵对打、各保其主……听他们说这种话,好像在世外桃源,"不知有汉"似的。农村也有另外一种关心时事的人,他们评论起来又总是这样说:话说奸臣当政如何如何,话说妲己祸国如何如何,话说秀才造反、三年不成如何如何……听这些人说起来,又像是在演古装戏。

阳春三月,父亲捎话来,说北京来电,可以去广东报到了。我告别老家农村,辗转赴京,准备择日南行。

在学校遇到几个同学,都已购了车票,将往外省报到。有同学提议,离京前上八达岭一游,正合我意。从西直门乘火车,到青龙桥下车,煦风澹荡,游人很少。那时没有高速,没有商铺,没有饭店,没有车水马龙、喧声沸天的景象,也没有五光十色、千奇百怪的事情。远远看去,晴空碧云下的长城,只像是一个静静地睡着的苍苍老者,似乎"史无前例的无产阶级文化大革命",对它不曾有任何的惊扰。

我在农村住了一段时间,回头来看曾经亲历的运动,似已不值一谈。想想两派的论战,想想我在保定写的那些文章,以至报纸上关于两条路线斗争的高谈阔论,其中的真理,简直是微乎其微了。重返北京后,听人说如何打倒王关戚,又如何打倒杨馀傅,觉得这些事隔云隔山,与己无关,像听天方夜谭。

高尔基在喀山听了大学生们的政治争论,曾经说过:"自然,我不大明白这些争论。依我看来,在这种滔滔不绝的空话里,真理已经变得像穷人家菜汤里的油星星一样稀少了。"

在雄浑穹峻的长城之下,没有任何空话可言,没有任何高调可唱。长城这位苍苍老者,那样深切而澹定的神情,仿佛在静默之中,暗示着一个永恒的真理。

我要远行而去,没有任何留恋。我只会记住长城,记住它的穹峻和澹定。

留在长治的那些足迹

一 少小入城市

小时候在我们乡间说起长治，称之为潞安府，说是一个很大地方。昔时交通不便，村里很少有人进过城市，若有人从潞安府回来，人们围上去听他的见闻，那人便会有几分自豪。

一九五三年初春，我虚岁十二，伯父带我去长治，从那时离开武乡故里。

上路的时候，我很兴奋，却也懵懂，不知道要走多远。爬过一道道坡，翻过一座座梁，走过一个个村子，那些村庄的名字很有意思，叫什么"搿杖沟"、"笭笭洼"之类。走到晌午，脚腿酸软，兴奋劲儿早没了。记得是到了襄垣县下良村，在路边小饭铺打尖，坐下便不想起来。问伯父还有多远,伯父说赶黑夜只能住到襄垣城,明天坐大车下长治,好远哪,只好继续走。下良村前面是一道很长的坡,爬了一半,靠在路边歇。有不相识的人,也在坡上歇,伯父借火吸烟,和他们讲起故事来。

一个故事是说:某某卖砂锅,遇上同路人,同行之间,那人一直打喷嚏,卖砂锅的问"你怎么尽打喷嚏",那人说"老婆在家想我了"。卖砂锅的晚上回了家,生气地说"人家出门,老婆在家想,我出门就没人想",老婆说"你明天出去,我肯定想你"。次日又挑了一担砂锅去卖,临走前,老婆悄悄在汗巾上撒了辣椒面。挑着砂锅上坡,满头冒汗,掏出汗巾擦汗,被辣椒呛得直打喷嚏,脚站不稳,肩上担子滑脱,砂锅摔在地下,摔得稀巴烂。卖砂锅的又急又气,大骂老婆:"你早不想,晚不想,偏在我上坡的时候想呀!"

这故事逗人笑,说罢笑罢,继续爬坡。到了襄垣县城,已经夜色苍茫。住进旅店,我在煤油灯昏暗的光里,摸到大炕上,栽倒便睡个不醒。天明时伯父叫我起来,已经雇好马拉胶轮大车。和别人合雇,节省脚费,挤了四五个人,互不相识。马蹄在街道上踏得吧嗒吧嗒响。太阳正随着马蹄的节奏,从东山上缓缓升起。

马车上坐整整一天。进入长治北门,太阳已向西山落去,晚霞映照在残剩的古老城墙上。

从城门洞下穿过,踏上北大街。街道铺着的青石板,被马蹄敲得丁丁作响。暮色中,华灯初上,正前方灯辉中,闪烁着"工人俱乐部"几个大字。第一次见到霓虹灯,只觉灼灼耀眼，一时看得入神。

马车到十字街停下，商店中射出白炽的荧光。我痴痴地站在店门上张望，货柜里有亮锃锃的虎头牌手电筒，和五颜六色的蜡笔。

街头停留片刻，伯父问清楚报到地点，步行不远即是。所谓东招，即是长治专署东招待所，位置在天主堂北面，后来改做家属院，友谊小学随后亦坐落于此。

从东招往西，以后修建专署礼堂、宾馆和球场的那块地方，其时没有任何建筑物，宽阔而空旷，正是春风驰荡的季节，上空风筝飘飘。只见那些小学生们，和我年龄相仿，他们的风筝个个漂亮，像展着彩色翅膀的大鸟，让人艳羡。

我趁伯父开会时，跑出去看风筝。一边仰面朝天，一边漫不经心地前行，不因不由走到大街上。南街戏院门口，人们围着观看耍猴，那猴子身披红坎肩，抓着铜锣当当地敲。耍到尾声，牵猴子的人手捧盘子转圈要钱，看客渐渐走散。我东张西望，边看边走，十字街又见围有人堆，上前一看，却是怪汉吞吃玻璃。那汉子面前杂放着破烂玻璃，问谁敢吃，没人应声，他拿锤子砸碎，抓一把塞进嘴里，吞咽下肚，看客鼓掌，扔一些零钱。

挂着"义合源"牌子的商店，后来知道其位置在西街，当时并不识方位。我朝店内扫了一眼，卖有酱醋杂货。转身却见对面有小铺，摆着文具图书。我被彩绘的图书封面吸引，两眼盯在柜台上，除连环画，还有《金镯玉环记》、《五女兴唐传》一类旧小说。在村里没见过那些书，但其中故事大抵听人讲过。真想买一本书看,店主人问我想要哪本,我却只能摇头,口袋里并无分文。

再往前走,街墙上尽是剧团的海报,日场、夜场,《打渔杀家》《劈山救母》《狸猫换太子》种种。有一条小巷,后来知道叫下水巷,右边一处院落,似是古庙,人们出出进进,我好奇地跟了进去,见到法官审案,墙面上贴着油印的判决。巷口左边,大概有酿酒作坊,街道上堆满酒糟,酒气熏人。

下水巷很窄,巷口是圆券门,我顺着巷子,走到莲花池。从莲花池出来,街边有人修脚,我问"专署东招怎走",那人正拿着小刀在客人脚上剜割,抬头瞟我一眼,不答问话。我的乡下口音较重,人家不会听懂,便不再问。盲目转来转去,不识东南西北,心下不禁发慌。

正不知所可,蓦地抬眼瞥见了天空的风筝,心头为之一亮,如同失踪的孩子突然看到了家门。朝着风筝升起的方向跑去,很快找到归路。那天以后,我留心记下附近的街巷,便敢自己往远处跑跶了。伯父还叫我上街买烟,他抽"顺风牌",一盒一千五百元,即是改币制后的一角五分钱。

有时也到办公区去玩。专署机关所在,原是天主堂,院子极大,许多柏树,静谧中显得鸟儿的啁啾格外清脆。四周平房中都在办公,很少有人走动。偶尔大胆进到办公室里,大人们并不介意,有的问一句:"小鬼干什么?"或者递给一个空纸烟盒:"拿去玩吧。"我便有了经验,主动找要烟盒,几天中收获颇丰,有"恒大""前门",还有"哈德门"。

伯父职业是兽医,他在长治多日,为业务交流及办理武乡兽医院筹建事宜。兽医这个职业,当年似乎非常重要,因为农业社会,人类最好的朋友是耕牛,农民离不开牛医。上党门前府坡街一号,是一处三进大院,后门通到回民小学操场,当年即是长治兽医院所在。门上挂牌,写着"名医高国景"。伯父常去高家,同行道友,过从密切。

属长治专署管辖的晋城,那年发生"一心天道"叛乱,可谓惊天动地大事。据说会道门在晋城周边,颇具势力,发起暴动。事态平息之后,长治烈士陵园举办展览,我跟着人流去看奇闻逸事。"天道"头领,自封皇帝,并封了皇后和多个妃子,展品中有色彩绚丽的龙袍和凤冠。

看展览出来,绕着"太行太岳烈士纪念碑"转了几圈,上面有许多大人物的题词。刘伯承、邓小平、程子华这些名字,是在村里听说过的。雄伟的高碑,碑上的名人,以及四周的苍松翠柏,竟使我流连忘返。在我的幼稚心灵中升起的神圣感觉,也许有着一种启蒙的意味。

第一次到长治所留下的印象,不过尔尔 简直像白水一样的平淡。而当初确曾有过新奇和神圣的感觉,那感觉至今还会在朦胧中泛起。

我想,现在的交通、通讯、信息,突飞猛进,不会再有卖砂锅的故事,少年儿童不会再有爬坡的经历,人们从电视和网络上,早已熟知中外都市一切豪华富丽的景象,所以,无论到了哪里,都不会有什么新奇和神圣的感觉了。确已经进入一个生活快速化、感情简单化、行为工具化的时代,大概只有像我这种年龄的少数迟钝者,还在百无聊赖地回味着区区往事吧。

二　上学梅辉坡

读小学五年级的时候,我转学到长治市第一完小,即是后来的梅辉坡小学。

那是一九五四年晚秋。父亲奉命到长治专署文化补习学校培训,母亲带我和弟妹搬家同来。学校早已开学,校长看过转学证,叫语文和数学老师分别出了考题,我在老师办公室里答了两个小时,作文题即是"为何要转学"。作完考卷,老师频频点头,似极满意,翌日正式进了课堂。

专署文补校在游岭上,就近租房,全家住到参府街。我上学时,沿西大街,折进梅辉坡,坡上便是校门。

西大街两侧,虽然平房低矮,却是店铺相接,常有集市,颇多热闹情景。我肩挎书包,经常在那些零卖花生瓜子、肉丸小吃、日用杂品的小摊小贩中穿行而过。街上绝无汽车,自行车极少,骡马大车时而扬长驰过。遇上有结婚大礼登场时,四对高头大马在音乐声中轩昂而来,新郎新娘和陪伴者一律戴了墨色眼镜,气派十足地高坐在马背上,看热闹的人摩肩接踵,站得一街两行,这大概是西大街上最好看的风景。

冬季则显得冷清。当年的寒冬,真正地酷寒,上学的路上冰坚雪滑。

每天早晨,我和二弟先给家里抬水,然后才去上学。

水管在街口处，平时锁着，井盖底下的龙头关着，若不关闭井下龙头，上面水管则会冻死，每日开关一次，甚是麻烦。我们提前摆上空桶排队，自来水公司的人迟迟不到。等来那人大驾，先打开井盖，拧开底下开关，然后用钥匙开启出水龙头的铁锁，排在最前的水桶主人，交出二分钱一张的水票，于是乎，每日一度的供水节目，宣告正式开始。水桶排成长长一溜，心急只嫌水流慢。挨冻的双脚不停地跺地，水桶只能一挪一挪地前移。等到把两桶水抬回家里，往往误过了上课时间。慌慌张张赶到学校，老师已经进入教室，只好在门外高呼"报告"。如果到得太晚，"报告"亦不敢喊，须在外面冻着，候到下节课方可进门。这种挨冻的记忆，似乎有一些程门立雪的意味。

深冬时节，天黑得很快，傍晚回家时极感凄寒。街头甚至阒无一人，只能听见自己的鞋底在积雪上摩擦得吱吱作响。这种时刻，挂着"清真"招牌的饭铺中，飘散着最具诱惑力的幽幽香气。我能感觉到油糕是何等地香腻，羊肉丸子汤是何等地热烫，却是空让人垂涎。记得母亲做午饭时，给我一毛钱去打醋，八分钱一斤醋，剩回二分钱如数上缴。囊中如洗，如之奈何？天天上学经过大街，从来不进任何商店，即使在傍晚又冷又饿的时刻，绝对不敢真的产生吃油糕和喝丸子汤的奢望。

除西大街之外，还有一条上学通道。参府街直向南去，街名石桥南，西面有民房，有清真寺，东面则是陡高的土墙，土墙上有被人爬出来坡道，坡顶即是明代皇城。站在土墙高处，可以俯瞰大半个长治，潞安府古城的轮廓，当年尚清晰可见。

作了烈士陵园的那座皇城，原是明代藩城。明朝开国皇帝朱元璋，将诸多皇子封为郡王。据史书记载，其二十一子封为沈简王，自永乐六年就藩潞州，遂称潞简王，递传九世。明朝灭亡，潞藩城成了废园。

我所记忆的皇城，西北面城墙已经残破。从残墙越入园内，树木葱郁，杂草遍地。穿行林间小路，出皇城东门，紧邻着小学校门。只要天气晴好，我上学时总爱攀登城墙，穿越皇城。斜插过那一片茂草丛林的时候，蝴蝶在眉边翻跹，蚂蚱上裤脚蹦跳，鸟啭虫啼不绝于耳，这种情景，至今依然时而浮现于眼前。

我们一些同学，常到陵园玩耍，亦爱看篮球比赛。园中有灯光球场，当年长治惟此一处。若是考试前到园子里复习，找一个幽静处背书，脑子记得又快又牢。梅辉坡小学有幸傍着一处绝佳风景，为我们的读书年华，增添了许多的情趣。

校内环境亦佳，操场尤其舒畅。老师不仅注重教好主课，对于音乐、美术、体育都很尽心。校园里洋溢着做操的呼喊和歌唱声，显得生机勃然。那时流行小人书，班上同学即有小书箱，课后争看古今故事的连环画。学校的图书馆，自由活动时间可以借阅。管图书的魏老师，对我鼓励甚多，放假期间让我把一摞书带回家去，有《钢铁是怎样炼成的》和《青年近卫军》，还有《彷徨》，即是鲁迅自己设计封面的那种民国版本。

学校有宿舍和食堂，我曾一度住校上灶，但为省钱，

　　只要天气晴好，我上学时总爱攀登城墙、穿越皇城。斜插过那一片茂草丛林的时候，蝴蝶在眉边翩跹，蚂蚱上裤脚蹦跳，鸟啭虫啼不绝于耳，这种情景，至今依然时而浮现于眼前。

母亲定让我回家吃饭。参府街属回族聚居,民族习俗是务须尊重的。租赁住房时,房东问我们家是否吃肉,我们在农村时本来极少肉食,便向房东作了承诺。只有每年春节,母亲打发我到英雄街割肉少许,就近在同学家做熟,家里便不会有炒肉的气味。全家七口,靠父亲工资支撑,幸好物价平稳,粮油供应情况良好,虽然蔬食简素,尚无生活之忧。

石桥南西侧,内有铜锅巷,粮店即在巷中。因两个妹妹尚在婴幼,母亲不能脱身,父亲忙碌公务,买粮便成了我的事情。粮站人员帮我把五十市斤整袋面粉放到肩上,便可坚持一二百米。沿街民居门口有碾台或是石磨,把面袋靠在石台上,稍歇片刻,然后再扛,歇上两次,便能扛到家了。虽很吃力,内心惬意,我完全明白一袋标准八一粉的意义,对于当年居民来说,它无疑是价值绝不寻常的宝贵物品。

过去说长治有"三宽":大马路宽、茅坑口宽、女人的裤脚宽。虽是玩笑,却都属实。我们住的参府街,中间是高于地面的宽敞马路,两边有下水道,从马路到宅院大门仍有数米距离。街道如此之宽,可知曾驻有重要机关,地位非同小可。

清初设在潞安府的军事长官,为"副将"衔,级别为从二品,称为"将府"。到咸丰年间,改为"参将"衔,降格为正三品,改为"参府"。不同时期的军事机关同此驻地,因而留下了将府街、参府街两种称呼。

参府街北端的横街,叫西斜街,东接上党门。越过西斜街上行,坡上名为游岭上,那里有古老的清真寺。清代的武职官员,除"副将"、"参将"外,还有"游击"一职,游岭上或许因为住过"游击"武官而得名。但也俗称作"牛岭上",抑或古时候的牛牧之野。

我家租房那个院落,为两进大院,前院左侧另有偏院,房主和客户共住十多户人家。二进院内坐西朝东为五间,带有阁楼,阁楼下左侧过道通往后院,大约曾经是后花园,或是库房之类,仅有三间北房。我家租住后院三间房子中的两间,租金每月五元。女墙极矮,足以豁尔远望。院中并有槐树一株,夏季尚可纳凉。

母亲与房东相处融洽,家务事每得相互关照。有年秋天,我跟着房东主人去收割庄稼,田地在城外很远处,晚风吹过旷野时,秋熟的清芬扑面而来,那情景颇足回味。

租住的两间房子,除了睡觉的大炕和做饭的火灶,几乎没有多馀空间。因此我常常上到房东的阁楼上,楼板上面铺了草席,在那里看书和睡觉。从阁楼的窗户向远处探望,正对着上党门。我时而凝目眺看那高耸着的古老的钟鼓楼,想象着上党古城的种种典故和传说。诸如唐明皇月夜吹笛的飘缈,潞简王制琴好乐的雅逸,陆登殒命抗金的忠烈,单雄信与秦琼的千秋节义,这些情味早已经感染到我那年少的心灵中。一天我忽来兴致,想画钟鼓楼,伏在阁楼的窗口,一边遥望,一边描绘,画成一幅粗劣的写生,院里人们看了,还都啧啧称好。

这里说的,都是半个多世纪以前的事了。今日之长治,已经发生了惊人的巨变。城市规模拓展,高楼如云,经济繁昌,商旅辐辏,晖光日新,绝非昔比。然而,也不免让人稍有遗憾,上党古城的痕迹和那种古穆的韵味,总是愈来愈少了。

三 故人具鸡黍

长治二中百年校庆时,我写过一篇回忆母校的散文,题为"在艰苦岁月中磨砺"。凡我这个年龄,所经历的中学时代,真正是一段不平凡的生涯。从整风"反右"、大跃进、人民公社化运动,到三年困难的遭遇,在我们的成长中留下了深深浅浅的一连串年轮。

我体会中学时期,是人的一生中最重要的学习阶段,是知识急剧增长的时期,是思想性格走向成熟的时期,是人生观基本奠定的时期。正是在中学时期所受到的诸多教育和锻炼,使人一生中用之不竭。

回想中学阶段的学习经历,既有课堂的教学,师长的训导,也有社会环境逼使下的磨砺。而我自己主动的方面,便是阅读,热衷于读课外书,使我受益匪浅。

有成语曰"开卷有益",大概出自陶渊明所言。他说:"开卷有得,便欣然忘食。"我或许受了古人的影响,年轻时拼命地读书。这句话到现在,似乎不宜再用,市场上书籍累累,粗制滥造者甚伙,不仅内容荒诞浅薄,而且行文粗陋,错字连篇,读之非但无益,而是必受其害的。

我的青少年时代的阅读,却是真正受了益的。初中三年,读了许多现代文学作品,学校图书馆中凡著名诗人、作家的书,几乎挨个儿借来读过。上了高中,喜爱上外国作品,尤其是苏俄作品,当年比较流行。普希金、果戈理、托乐斯泰、屠格涅夫、车尔尼雪夫斯基、高尔基、萧霍洛夫等等,他们的作品,曾使我醉心。其他如读英国哈代、法国巴尔扎克、美国马克·吐温的小说,引人入胜的故事情节亦曾一度如梦幻,将我带往异国的情调中。

对于课程学习似不费力,除了课堂听讲,基本不用复习,作业不难完成,便能腾出阅读的时间。其他课外活动不甚热衷,惟有看书如饥似渴,书一到手看得很快,确似狼吞虎咽,不求甚解。除了文艺作品,也浏览哲学、历史读物。如读恩格斯的《自然辩证法》,真正读懂的章节不多,却也抄了不少笔记。

我的学习和读书,深得班主任张宏彬和曾健老师的器重与勉励。于各科代课老师处,我亦勤于问疑,相处亦师亦友。他们都是知识丰赡的读书人,热忱于传道授业,"汲汲以教人"。其中多名老师来自省外,曾有调侃语云:"一进娘子关,两眼泪潸潸。"虽远离家乡,且有的长期单身生活,而对于教学却是尽心竭力的。中学教育的整体提升,与一批优秀人才的输入不无关系。

语文教研室主任陶訏老师,来自北京,精通古汉语。或受其影响,我对古典文学的学习兴致尤浓,除背诵唐诗宋词外,还把《古文观止》置于手边,熟读不少名篇。后来在一九七八年报考研究生时,文史专业规定考外语、或是考古汉语,可自选其一,我选了古汉语,成绩不错,这便是中学时候的基础。

教语文课的陈奉雄老师，出身文学世家，风襟儒雅。他曾嘱我读书宜博，以拓宽知识面，多次对我说到他的家族读书传统。他的祖父陈三立、父亲陈衡恪，尤其是他的叔父陈寅恪博览群书、学贯中西的治学经历，在我的心目中树起了一个让人肃然仰瞻、高骞莫及的形象。一次陈老师从北京回来，把他在西单旧书店买的一本《论衡》送我。我当时读这本书，实感深奥费解，而其中能择出一些精辟语句，亦曾颇受启迪。

那个年代同学中，对于《三国》《水浒》等古典小说，都不陌生。但说起《红楼梦》，似乎觉得中学生尚不宜读，无不敬而远之。一天在校团委书记杨石秀办公室，看到书架上有《石头记》，分上下册，厚厚两本，我问："杨老师，这书我能看吗？"杨说："暑假拿去看吧。"那一个假期，我的功夫便消磨在了这套书上。

我们中学的图书馆，设在古庙大殿中，阅览室陈列有多种报刊。负责图书管理的白君燕老师，原籍广西，据说是白崇禧家亲支。白老师处事谨慎，仪态温文，同学借书时，总会嘱咐几句爱护图书的话，不要在书页上勾画，不要折角等等。她知我酷爱看书，一见便主动招呼，问我想看什么，她会随时备好。现在蓦然间想起白老师那种和蔼态度，及我当年借书情景，恍恍然如同昨日。

除了从图书馆借书，假期或是周日常跑书店。在上南街路东的新华书店，女店员认住了我，问我是否想当作家，让我看《青枝绿叶》，说刘绍棠如何年轻有为，那时还没有反右。我蹲在书架下一看两三个小时，如《骆驼祥子》《三里湾》那些长篇小说，连去几天便可看完一本。

东街后来也开一家书店，似是长治县所属。该店经理从高平调来，因我在高平读书时也去书店，他好像认识我父亲。一次我和同学进了东街书店，新上架有巴金的《秋》，便顺手取下来看。同学急拉我走，我说："看完这两页。"同学说："拿回去看。"我稍犹豫，跟着同学往外走。将要出门，经理过来问："同学交钱没有？"我的脸上涨得通红，无言以对。经理说："在高平上过学吧？认得你。书留着下次来看，再要偷拿，报告你们校长了！"此事让我羞愧，同学道歉说他的不是，但我不能怨人，自己暗下决心：攒钱把书买回来！每月从家里给的生活费中节馀一元，便把巴金的《激流三部曲》陆续买齐，都是一九五七年十一月印本，一共四元钱。此书经多年多人借阅，虽已破损，仍然保留着。

那些年在我的成长中，曾经给予过真诚帮助的每一位师长，都会让我常常想起，让我感动。我觉得长治的人好，社会风尚也好，爱读书、学习好的孩子曾经受到每个长者的关爱。我们曾经经历过，那样一个尊重知识、重视读书的年代，那是我们的幸福。

使我充满感激之情的，还有许多同学，我们结下了真挚友谊。曾经一起读书、一起劳动，一起跑步、一起唱歌，一起排着队打饭，一起蹲在饭场上一边喝稀饭、一边谈古论今。

读高中那三年，是国家"暂时困难"的三年，也是同学患难与共的三年。粮食定量减少，实行"低标准、瓜菜代"，

　　在我的成长中，曾经给予过真诚帮助的
每一位师长，都会让我常常想起，让我感动。
爱读书、学习好的孩子，曾经受到每个长者
的关爱。我们曾经经历过，那样的一个尊重
知识、重视读书的年代，那是我们的幸福。

留在长治的那些足迹

配给瓜菜顶粮食,四斤山药蛋折抵一斤粮。一天晚饭,从食堂打出来一碗稀汤,几根菜叶都能数得出来,我一气之下,带着同学去找校长,怒声怒气说道:"校长,请你看看我们吃的什么!"老校长一脸无奈。粮食不足,怪不得学校。我那时血气方刚,常有过激之举。操行评语中,每次批评我"骄傲自满情绪"。尽管有此缺点,一直受到老师们的爱护,同学们一直选我当班长,长期结下的恩谊,是我没齿不忘的。

自初中二年级起,父亲工作调动,母亲搬家离开长治,我便完全住校。每到周末,同学大都回家,孤身住校难免落寞,常常被同学邀去家里吃饭。几年之中,在守清家吃饭次数最多,他家住府上街,来往近便,他的母亲尤其慈善。士荣家在紫坊村,春盛家在邱村,锦文家在角沿村,福梅家在李家庄,土成家在南营,雪根家在长子门,等等,都是我熟悉的去处。那是一个家家户户粮食紧缺的年代,走亲戚吃饭都会难为情。我到同学家里,却如一家人一样,同吃一锅饭,亲切而随意。青少年同学那种亲近而单纯的感情,是别的任何关系都不可比拟的。

从高中毕业时离别,到我返回长治工作,其间相隔了十多年之久。"文化大革命"已近尾声,访续故知,重温旧谊,老同学恢复了联络。生活条件有所改善,到同学家吃饭也可以鸡黍薄酒、开轩小酌了。因而,使我想到孟浩然那首《过故人庄》,"故人具鸡黍,邀我至田家","开轩面场圃,把酒话桑麻",诗中既有友人情意,又有农村风味,何等清新而淳朴。

在社会经济迅速变化中,五星酒店,华馔盛宴,极尽豪奢。然而,高贵的外像,却也掩饰不住内隐的俗靡和精神的萎悴。惟有"故人具鸡黍"的情味,最珍贵、最难得。

四　灯前十年事

唐人杜荀鹤《旅馆遇雨》诗云:"月华星彩坐来收,岳色江声暗结愁。半夜灯前十年事,一时随雨到心头。"此中意境,我颇有体验。每在外出旅行中,夜宿宾馆,又逢下雨,听着雨声滴答,往往令人感今怀昔。

我从少小初到长治,以至读完高中,前后将近十年。然后,自一九七四年返回长治工作,到一九八四年底奉命调往省城,这是我在长治的第二个十年。前面十年,大体上属于那种天真无邪、轻松愉快的年华;而后面十年,则是我步入中年、人生负重的阶段,公务繁冗,人事纷更,回想起来难免有一些"岳色江声暗结愁"的苍凉和沉重,但也不乏别一种的生活情趣。

长治在"文革"期间,是国内闻名的武斗最剧地区之一。武斗平息之后,政界派性斗争绵延多年。我从海南岛调回长治,批林批孔运动正在掀起,政治形势苍黄翻复。军管下的公安司法机关,属于引人注目的要害部门,乍从外地归来,并不敢有专业对口的奢望,被安排到轻工业局则已经心满意足了。

地区轻工业局地址在东大街,四合小院,双层小楼,办公兼住宿,十分紧凑。单位人员不多,一个炊事员,一个小灶房,熙然有家庭氛围。每日晚饭后,同事相随到街头散步,街中并无车辆,亦少行人,走过水塔和师范学校门口,不远便是东城门。废城墙土墩仍在,并无任何建筑,田野开阔,纵目可望。捡块砖石坐下,在晚风的吹拂中闲聊,直到暮色降临,那是一种难得的闲安。

以后迁到南大街寺巷,机关购买一所大院,继而新建办公楼和宿舍。我妻带着两个幼女来到长治,安家在单位家属院中,一住多年。女儿到了上学年龄,就近于上南街入学。不论我以后调到地委机关,还是到中级法院工作,住家并没有"莺迁"。

一个地方住久了,既熟悉,又亲切。不知从何时起,街市渐渐热闹起来,街边出现各种蔬菜、熟食、土产的游商和地摊。星期日休息,我漫无目的地沿街走走,走到英雄街折回,一路会不断遇上熟人,随时停下来打打招呼、问问家常。那种亲熟融怡、随情适意的感觉,在当今的大都市中却是再也不会有的了。

以前的宿舍不需要装修吊顶,家具也是自做。买了木料,请南方匠人来家,管他吃住一个星期,再付少许工钱,饭桌、柜子、简易沙发即可做好,打磨上漆则要自己动手。如此住家虽然简陋,但生活方便,居住放心,绝对没有任何污染和辐射。

宿舍外的附属设施,必不可缺者,大致有三项:一是煤仓,二是菜窖,三是鸡窝。每年须请大车司机帮助,到煤矿拉一卡车煤炭。煤拉回后,朋友邻居帮着卸车,堆到院内墙脚下,砖头围起来即是煤仓,基本够一年烧的。挖菜窖仍是自己动手,铁锹镐头之类的工具,家里备着。萝卜土豆三四分钱一斤,窖子下放上两麻袋,一冬天吃不完。搭鸡窝用的是工厂废料,养上两三只母鸡,天天有蛋可吃了。

紧缺之物是食油和肉。拿着肉票到菜站排队,等你排到窗口,肉已售罄,只好另待良机。若逢粮站有菜籽油到货,消息不胫而走,等不到开门,已排成长龙,哪怕排上几个小时,只要一瓶油到手,足可心花怒放。"地沟油"那时没有发明,更不用担心"瘦肉精"之类。请客吃饭在家中自理,没有到酒店豪华的习惯,加之粮食供应以粗粮居多,难得有患高血脂和糖尿病的机会,因此也节省了降脂药和胰岛素。

那时工薪很低,却也够了用度。只是长期养成节俭的习惯,每花一分钱都精打细算。农民拉了烧土来卖,五毛钱一平车,却不肯买,偏要自己扛着镢头到野外去刨。家里有一个小小账本,油盐酱醋都要记录。花钱大项是自行车、缝纫机、收音机和手表,所谓"三转一扭"。尤其自行车,有钱难买,需要找关系批条,或是等着单位分配。我的一辆"永久"加重车子,骑了十年,一直陪伴我离开长治。虽然都说"经济到了崩溃的边缘","四大件"却在那个时候进入了百姓家中,电视机亦产于彼时。那个时代的人们,不懂得奢侈挥霍,不追求豪华富丽,不懂得怎样把资源吃光吃尽。坚守着老祖宗的遗训,只知道勤俭节约,又何曾学过消费和拉动内需的经济学理论!而今回顾,昔人似乎冥顽不灵,彼寒酸之状,或俾时下之青年一辈以耻笑之乎？

作为轻工局政工科干事，我管着劳资事务，此外便是开会和政治学习。先是批林批孔，继则整顿和"三项指示为纲"，"反击右倾翻案风"踵其之后。轻工局为武斗结束后组建，尚无两派斗争的根底，对于上面的权力角触则已经听得厌烦，学习文件大都不甚积极，照本宣科，念完便了。

难忘的一九七六，一个惊心动魄之年。先是周恩来总理逝世，晚间我到同事家看电视，每日有悼念活动报道。政治形势牵动人心，小道消息不时传来。清明节过后，中央广播电台播发了"天安门反革命事件"的要闻，市井为之震骇。单位开会传达文件，当场便有人站出，检举我有赞颂周总理的诗词和言论。会场空气此时顿然凝固，大家不便表态，悄然各自走散。我自此知道，凡政治有变故之时，即使一个小小单位，人心亦不可估量。

这年九月毛主席逝世，机关前厅设了灵堂，祭奠一连七天。九月十八日到广场集会，收听北京的追悼会转播。将要结束时下起雨来，满场花圈，淋得七零八落。国庆节后不久，人们窃窃私语，传递着江青被捕的消息。粉碎"四人帮"文件下达，开始了鸣鞭放炮、敲锣打鼓的游行。轻工局装饰一辆彩车，前面是毛、华两主席画像，车上置一套锣鼓、数箱鞭炮。我是锣鼓队主要成员，随着游行队伍，从南街敲打到八一广场。一片欢腾，震耳欲聋，连续游行三天乃告结束。第三天上午游行回来，稍觉疲累，抱枕睡去。下午锣鼓队出发时，找我不见，书记派人把我叫醒，劈头劈脑批评一顿。我心中明白,书记富有政治经验,关键时刻的政治表态,是不可稍有怠慢的。

果然在欢庆游行之后,"清查"运动开始,一些人遂被隔离审查。工业系统"清查办",设在我们对面的煤管局院内,有人竟至于"畏罪自杀"。政治运动中的自裁,其实大可不必,因为运动历来反反复复。咄咄逼人的"清查",搞了两三年时间,然后下来新的政策,叫做"清查善终",前事便一风吹过。

"文革"后首次招考研究生,我报名应试,初考入选后赴京复试。一九七八年炎炎夏季,考场设在在北京师范大学。过了笔试,去往法学研究所接受面试。导师谢铁光、刘海年、吴建璠三位,都是著名法律史专家,他们态度和谨,所问言近旨远,我的回答差可满意。考试结束,应试人员集体到毛主席纪念堂拜谒,随后各自离京。大约两周之后,收到我被录取的信息,法学所径来长治调取档案。我在抉择关头,虑及家庭,十分犹豫,单位亦有挽留之意。导师嘱我如决定赴京学习,可在一周内回话,我最终放弃了机会。自大学派往海南,流落多年,乃得回到长治,只想安时处顺,因而缺少了几分攀登跋涉的锐志。

放弃读研,或许是我的一次目光短浅的人生选择。然而,凡过了的事情决不后悔,"登陇又望蜀",断断不可也。

其时正在恢复组建检察机关,地区检察分院提名调我,重归司法队伍,我自然同意。办理调动中,被组织人事部门截留,我亦表示服从。负责大中专毕业生分配,管理专业干部职称评定,是我在人事局担任科长的职责,不觉而为之付出了三年流光。接着逢上选拔使用知识干部的机遇，有幸从中级法院副院长、院长，任到政法委书记。

年届不惑，写了一首《书怀》："鼎新革故起雄风，不惑斯年有幸逢。十载氛埃存锐意，一腔热血试青锋……"诗句似有壮气，实为空论，到底不如杜牧的《遣怀》，他的感触是深沉而痛切的。

杜牧诗云，"十年一觉扬州梦"，只不过是"赢得青楼薄幸名"罢了。

五　基层访社情

我在晋东南地区中级法院任职时，正处于社会变革的转捩之际，翻腾起历史上的是是非非，不免千绪万端，欲理还乱。全国集中进行严厉打击刑事犯罪的同时，并部署整党、清理"三种人"诸事。"三种人"大约是指造反起家、打砸抢、帮派严重的人。上级要求晋东南汇报"清查善终"的具体情况，清查了什么人，平反了多少人，清查中死亡三十馀人须举例说明，以及善终时哪些人安排了职务等等。中央领导指示"解疙瘩"，"解开多大紧，同上玉皇顶"。对于长治的两派斗争，我并未亲历，处理涉及武斗的案件便让人发憷，均须从头了解情况。

如发生在淮海厂生活区的"二·四惨案"，残弹爆炸致死、重伤各有四十二人，被以现行反革命定罪，判处一人死刑，其他相关人员分别判处死缓、无期、有期徒刑。死者长已矣，生者申诉不止。此案定性显属不当，然擅自制造使用和运送军火，造成极严重后果者，确应追究刑事责任，只是处于那种特殊时期，如何适用法律，却是一个足以使任何法学家不知所措的难题。

又如火烧面粉厂一案，吃过焦麦面粉的长治市民记忆犹新，造成三百四十万斤小麦烧毁的恶火，时被认定为武斗中一派向面粉厂发炮引发，亦以现行反革命定罪，判处死刑三人、徒刑多人。后有某老干部给省委书记王谦写信，反映此案"张冠李戴、阴谋陷害"，并附三人证词，指长子县某公社武装部长为纵火真凶。省高级法院孟启明副院长率调查组驻长治复查，结果调查组亦不能统一意见，当时距火烧事发已经八年，调查组回省汇报时，省领导极不满意，怒曰："难道还要再等八年！"省高院行文指示称，原判属错案，予以撤销，并要求继续侦破，实际成了一起永久悬案。

当我第一次遇到当事人躺在办公室大哭大闹时，颇感惊异，原以为又是武斗纠葛问题，问明白却是离婚诉讼。在我们具有中国特色的法院中，经事多年之后，对于上访缠诉种种，已经屡见不鲜，深知我们未达法治社会，只能如此这般。因为那次事属首遇，所以未能忘却。当事人是长子县农家妇女，其男方另有新欢，判决已准离婚，一审对于财产分割和子女抚养的裁处，则于女方不利，二审虽作改判，却又久拖未能执行。我和地区检察分院冯士端检察长，一起到长子调研，方知基层司法工作非常之薄弱。

县检察长描述他的机关曰："十六个人九间房，五个桌子四口箱,七把椅子七张床,四个脚踏一条枪。""脚踏"指自行车。又调查县法院,其现有三十六人中,懂业务的无多,且多人长期生病或外借,论文化程度为中专二人,高中五人,其馀则初中和小学。实行岗位责任制之后,缺勤扣工资,每迟到一次罚款两毛,庭长包案二十三件,审判员包案三十件,工资百分之五扣出作为浮动奖罚。上年办案最多一位,经常日以继夜,加班工作,获得奖金九元。听过上述情况,深感于基层条件艰辛,无法批评他们工作如何薄弱了。

长子县的岗位责任制,曾经作为先进经验推广,其勤政廉政举措确为一时楷模。当时机关中的不正之风,已经引起关注。中纪委刘丽英同志在运城查案,震动及于上下。"工资三十几,房子高高起。工资五十块,房子高高盖。盖了卖,卖了盖,从中捞外快"。"党法国法、有法不依、贪赃枉法;贪官赃官、官官相卫、无法无天"。这是刘丽英当年讲到的主要问题。彼时之问题若与今日之腐败状态相比,似可作"小巫见大巫"之喻。多年中惩治腐败,而情况依然恶化,洵可发人深省。当年长子县的责任制,当然不可能坚持下来,从来政策多变,局部举措终难奏效。人治之法,南辕北辙也乎?

若就我们那次调查所见,基层社会风气总体尚好。如大堡头公社二十二个大队,均建立治保、民调组织,订立乡规民约。并组成七十个帮教组,分别承包帮教失足青少年,办联校进行文明教育。治安案件和民事纠纷下降,小事不出村,大事不出社,全公社诉到法院的案件只有六起。北圈沟大队曾有派性斗争，支部书记家的窗户被砸，大门推倒，谷子秋熟时穗子被砍掉，公社书记进村调查，调整班子，处理违法，一番整肃之后，遵纪守法蔚然成风。

我们接着走访张店、布村、南漳等公社，治保和民调工作亦见成效，且各具特色。东田良支部书记说，原来村貌破烂不堪，灰塌火息，称为垃圾村、漫画村，青年人"眼上长泡，脸上长蒿，身上藏刀"，赌博成风、偷盗成风、打架成风，实行了承包责任制，治保主任年工资五百元，发生一起打架扣十元，发生偷盗抢劫扣二十元，赌风刹不住扣三十元，自此之后，治保尽职，村风大变。西南呈大队治保主任说，他们全村治安工作，一年以六千元承包，护线、护树、护秋人员日工资一块二毛，丢一个瓜赔五毛，丢一株豆角赔一毛，丢一蔓山药蛋赔五分，丢树按价全赔，责任强了，看得紧了，有偷就抓，治安好了。

西堡头公社的庞庄，地处山区，因伐树毁林问题严重，大队决定种植"法制教育林"。经宣讲法规和植树意义，形成约定：凡砍伐一根椽子，罚种树十五棵；砍伐一根檩条，罚种树一百棵。有砍树毁林问题八十五人，按罚约上山植树。其中某人砍树数十株，本当逮捕处刑，为争取宽处，带全家上山栽种树苗八千株，成活率九成以上。我和冯检一行，徒步上山去看"法制教育林"，山中绿荫遮天，花香鸟语，熏风送爽，其乐愉愉。

平顺县王曲村与黎城县南堡村，因河滩界属纠纷，提起诉讼，中级法院判，高级法院撤，久延未决。我到现场察看情况，汽车在土路上颠簸着找到了王曲。村中四百户人

人面桃花相映红
庚寅新春古吴子楫唐瑜华

山里桃花，山外桃花。在这青山绿水之间，人的心情变得那么清澈而宁静。我忽然觉得，生活在这里的人民，如果没有繁琐政令和运动打扰，那就真正会过着安居乐业的日子。

家,为当地大村,实行土地承包,支部书记竟说"邓小平愿干他干,咱是不干",县里查他问题,撤他职时,派下公安等部门十六人进村维持。年轻的新任支书,一身朝气,正在安排春耕生产,计划植百亩棉花、种百亩菜、修三亩鱼塘、种三亩藕。河滩地有上滩、下滩,面积广阔,生长杨柳、苇子,植树造林条件优越,亟望尽快解决争端。

过河滩便是南堡,该村户口仅为王曲的一半,而人均收入一百八十元,高于王曲。"文革"派战时,南堡人曾跑到王曲躲避。南堡庙会请地区剧团演出,王曲人亦过河看戏。可见两村有着友好基础。我与双方谈话,提出河滩地纠纷拟作调解处理,并请两县领导帮助协商,以达到团结互利。

黎城逗留一日,然后去往襄垣。一条蜿蜒的山路,左边紧傍浊漳河,右边是高山,山麓修了灌溉引水渠,称为"勇进渠"。山景明秀,流水潺湲。村庄青瓦白墙,桃花盛开。梯田里挥鞭喝牛,正在春播。一幅春光图在眼前展开,脑子里油然冒出诗句来,当即凑成一首《采桑子》:

沿江一路春馨袭,山里桃花,山外桃花,粉淡胭浓似绮霞。 春光灵秀谁先占?山上人家,山下人家,渠水潺潺种豆麻。

在河边停车休息,正好欣赏山里的春色。在这青山绿水之间,人的心情变得那么清澈而宁静。我忽然觉得,生活在这里的人民,如果没有繁琐政令和运动打扰,那就真正会过着安居乐业的日子。凡上级指示之类,大抵是我们这些人在头昏脑涨的文山会海中,推度出来的,大概不会有多少正确的东西。我想，前贤古圣那些修身处世、安邦治国的哲理明训，必定是他们在清澈宁静的山里静思出来的。苏东坡说，"处静而观动"，此言多么深湛啊！

六　强饮离前酒

记得一九七四年秋，我还随轻工局机关住在东街，与我们住处不远的十字街某商店，夜间突发杀人凶案，全市震骇不已，因为那是长治城中多年间闻所未闻的事情。此案未能侦破，老年人至今仍会偶尔说起，却不同于当下，人们耳闻目睹劫杀凶事，似乎不足为奇了。

我的以往印象中，长治是一个祥风时雨、风化肃然的古城。我做学生那些年，从来没有留意过有什么凶犯杀人，或是法院枪决罪犯的传闻。下了晚自习黑路回家，从来没有过担惊受怕的感觉。直到十年动乱结束前后，才时而听到撬门入室的盗窃现象，闭门上锁才成为居家的要紧之事。

一九八三年夏季，中央部署声势浩大的严打斗争。其时我初任地区政法委书记，仍兼中院院长。上年度全区判处死刑十人，有些县数年无一死刑。自以为身家所在的长治，社会秩序尚为安定。严打风暴掀起之初，似有突如其来的感觉，正仿佛于猛然之间，"雷声千嶂落，雨色万峰来"。但就全国而言，一些地方似已显示治安严重不良。如承德司机开车撞人，竟致二十馀人惨死轮下。

那年七月末，省高级法院王庭长来长治通报消息，话语句句严峻。上有指示说,治安形势很不好,恶性案件增多,必须采取非常措施;治安形势不好的原因固然很多,最主要是打击不力,豆腐专政;所以要全党动员搞严打,三年为期,三个战役,从重从快,一网打尽,捕一批、判一批、杀一批、开杀戒;用搞土改的方式,不叫运动,实为运动,第一书记亲自抓,谁搞不好撤下来云云。

内部消息传来之时,北京正在召开政法会议,称为"临战前动员"。数日之后,接到省委开会通知。地县两级书记和公检法三长一同赴省,住进铁三局招待所。农历七月初二,三伏暑热,虽然吃住条件简陋,大家全不在乎,因为任务重大而急迫,心情骤然进入了紧张状态。

动员大会在党校礼堂召开,与会六百馀人。李立功书记主持大会,张健民同志传达小平谈话及中央会议。然后讨论、表态,研究本省作战方案,公检法并分别召开系统会议,再作具体安排。八月十四日散会,确定二十日全省统一行动。有信息说,北京动作快速,"浮在面上的犯罪分子"已大批搜捕。

太原会后,地委领导分头下县督战,至行动毕,并同县委书记一起回来集中汇报。全地区首战结果,共抓九百馀人,多数依法逮捕,馀为收容审查。接下来是公检法三家联合办公、审批案件。短时间内,快速审理大批案件,这在司法史上亦属空前。上面指示说,"现在非常状态,哪有那么多法律问题!有什么好辩护的呢!有什么准不准的问题呢!把政策搞得稳稳当当,就不能解决问题!"言之凿凿,我等洗耳恭听。

布置严打任务同时，更有纪律严令。所规定"约法三章"，内容曰：一不准通风报信、徇私枉法，二不准麻木不仁、贻误战机，三不准抗拒中央命令。我深知自身有书生气，唯恐犯"麻木不仁"错误，时时提醒自己乃是新官上任，务必让老同志前面指挥。但在具体案件审批上，仍然不敢稍有疏忽，凡死刑案件，必一一听取审判人员汇报，详询证据，或亲阅案卷。凡有异议，不敢定夺，均提请地委集体研究。曾有多个案件，被省高级法院认为处刑偏轻而打了回来，然后由检察院制作抗诉书，法院重新判为死刑，这是严打中出现的特殊情形。

进入九月，外省外地纷纷传来宣判大会和枪毙人消息。形势催迫，不得迟缓，全区审理严重刑案中，省高院核准死刑五十馀人，决定于九月十二、十三两日，分别在各县执行。地委领导分赴各县参加宣判，确定我和老书记王林堂一道，同往沁水、阳城。

沁水宣判大会在中学操场上举行，据称到会五万馀人。全县二十一个公社中，县城周围五个公社群众进城，其他公社大队派出代表，机关、厂矿、学校全体参会。除调武警部队、政法干警执行公务之外，组织民兵一百五十人维持秩序。法院宣判之前，县长、武装部长、共青团书记分别讲话，散发宣传品一万八千馀份。宣判之后，县长一看出场人群拥挤，急中生智，下令把围墙推倒，否则可能发生踩踏事故。十部摩托车前面开道，后面十辆卡车上押着犯人。沁水县城沿着河边，一条长街，判处徒刑的犯人押回看守所，执行死刑的刑车直奔河滩。刑场四周，河岸山坡,早已黑压压站满人众。随着几声震野枪响,宣告严打第一战役之胜利,高潮便过去了。

当晚下雨,住宿于阳城。翌日上午,阳城召开宣判大会,天气尚好。会场在烈士陵园,刑场在南关河岸,一切程序同沁水相同。中午又降大雨。下午雨霁,准备折回沁水了解宣判后的社会反映。临近沁水县城时,沁河一条支流横在面前,因大雨冲坏桥梁,道路阻断。停在河边踌躇良久,司机说可开车下河,但见河水正涨,浊浪滚滚,下水委实冒险。年轻司机却有一股勇气,选一处缓坡,把车开到了河中。"北京吉普"颠簸着冲过波涛,加大油门,一鼓作气蹦上了对岸。

虽然过了河面,前头又遇塌方。正在犯愁,又见宸专员乘车到此,他在高平县参加宣判会后,顺便去往沁水。县里得知我们阻在城外,派了民工下来修路,但坡道塌毁情形严重,非是短时间能以修通的,我们只好掉转车头,返往长治。山道曲折,雨后愈加难行,天色忽已将暮,潇潇风雨又至。于是临时商定,当晚住宿于端氏公社。旅店窄狭,烛光昏暗,窗上雨声淅沥,那是一个冷瑟瑟的早秋之夜。

秋寒日深,冬天很快来临。第一战役抓捕人犯,大部还未消化,真是案积如山。我与同事商量,决定改变联合办公做法,恢复审判委员会制度,加班研究案件。那个冬季,我每天晚上都在十点以后回家。骑自行车从街上走过,灯影阑珊,寂静无声。经了一战震慑,酗酒吵闹、夜不归宿的人绝对没有了。而像当今灯红酒绿、娇歌艳舞的夜生活,那时却还没有兴发。

一场雪下过,晚间骑车不便,只能徒步回家。寒气凛冽,皱面侵骨,却正是头脑最清醒的时刻。审过的案件不断在脑海中回放,严打工作的经验和教训,时时在我的心中做着总结。

经过疾风暴雨式的一场战役,简直达到了"路不拾遗,夜不闭户"的靖平社会。但威慑的效果,一时而已,并非长久之计。我作了一些调研,思想上酝酿着开展预防工作。全省部署严打第二战役之时,我在壶关主持召开晋东南综合治理会议,这在当时尚属全国首例。一次会议当然只是开端,后面许多事项尚在设想中。正值此时,上级决定调我到省政法委工作,壶关会议之后,便开始办理交接。

及至我调到省政法委之后,仍然为综合治理做过努力。处在大形势变迁中,阶段之功效是微不足道的。谁也料想不到,整个社会道德风尚颓然下滑,社会管理失去思想教化基础,后来的工作便只能徒具形式了。

一九八五年元旦之后,我与地委同志辞别,前往省城报到。送行午饭,饮了几杯烈酒。下午坐汽车上路,半醉半醒。偶尔翻翻装在身上的笔记,密密麻麻全是案件。那些案件无论是已判或未判,在我的心思中,都不能算做了结,似乎还有许多善后的、延续的、长远的事情要做。想到前贤的教诲,"恤刑悯囚,历代有之",感觉那本笔记似乎便是账本,似乎有许多欠债,使我难以心宁。

有一首写离别的唐诗,其句曰:"强饮离前酒,终伤别后神！"

车过分水岭的时候,我看看寒山的松石,看看冰冻的河沟,本想琢磨写几句诗词,却又灵感不开。于是,只能默想古人的诗篇,聊为寄托。

七 元夜看花灯

调离晋东南当时,心情诚多矛盾。上级信任固然不可辜负,长治的风土人情却教人依恋。而且,诸多工作正在进展,一切尚觉顺意,长治毕竟有许多熟悉的师长同学和同事友人啊！现代的交通通讯便利,不至于像古人那样为"西出阳关无故人"而伤感,但将要更换一个新的环境之时,仍然免不了会有"明日巴陵道,秋山又几重"的某些忧慨。

我初到地委组织部工作时, 部长是一位南下归来的老革命,在胡耀邦总书记视察长治的座谈会上,他直陈己见,与中央精神相左,自此免职回乡,我和部里同志曾往沁县看望。之后祁英同志从临汾调来,出任副书记兼组织部长。我到人事局任科技干部科科长时,郭士隆副局长主持工作,后又有李文忠老局长复职。中级法院张焕新院长是一位老政法干部,我给他当助手不到半年,老院长执意辞职休养,让我接他的班。一九八三年机构改革中,我被组进地委班子,白清才同志调回省里,祁英同志任地委书记,宸耀光同志任行署专员。那一代领导同志,他们胸怀方心,于国计民生有着高度责任感,勤俭治事、清廉律己的作风,都是我的楷模。其时虽未尝流行"人民公仆"之称谓,抑或尚可称之;然未知今日自诩为"人民公仆"者,与昔日之公仆尚可同日而语乎?

经过"清查"和"善终",一些案件成为法院跋前踬后的难事。有八九个"文革"中群众组织的头头,在"清查"中判刑,到"善终"时则要求复查放人。胡耀邦视察时有指示说,群众性的历史悲剧事件抓人越少越好,并批评中级法院"顶着不办"。罗省长说"九个人要先放",地委政法领导组研究决定把人放了。这些是我到法院之前的事情。到我接任中院院长时,省高级法院老院长谷震率工作组前来调查这批案件。原因是有记者给中央纪委写了情况反映,言称"中央审判'四人帮',晋东南释放打砸抢"。为此,调查组和我们逐案研究,重新核查事实,斟酌定性。是年六月上旬,省委立功书记来到长治,听取调查组初步汇报。反映情况的记者也一并请来,让他当面说说意见。

记者说:"我在驻山西记者站工作时,接待了很多告状人,那些缺腿短胳膊的受害者,我听他们的反映很多。政法部门对涉人命案者判刑,不会毫无根据,如果处理极左、过重,复查可以,但改成无罪,反差太大,打死人没有罪了,担心受害人还要来找。"立功书记说:"作为记者,有权反映,当然反映的不一定全对,但也不会完全失实,所以要调查。无罪关监就不实事求是,有罪放了也是不实事求是,总之要搞扎实,经得起再有人告状,再有人查也翻不了才行。"调查组表示继续审核,完成后回省详报。

立功书记在地区宾馆小住,我们曾陪同在礼堂观看文艺演出。所议论的主题即是几个案件，不曾谈及其他。这年春节之前，接省委通知，我到迎泽宾馆参加座谈，进了会场，见只有十几个中青年干部，是为"第三梯队"，书记和我们随意交谈，大家畅所欲言，正当新年之始，颇有新荣鲜活的气氛。七月间我参加中央党校入学考试，考试结果出来，据说我的分数为那次全国最高者，省委组织部的同志还说为山西争了光。将要准备赴京学习，却因严打斗争正在深入，工作确实不便脱身，经地委与上级磋商，将我党校培训一事推到下年。九月中旬，刘砚青检察长下来检查工作，我陪他巡看几个县乡，他对我们打击犯罪和综合治理工作甚感满意。时隔月馀，在晋祠宾馆参加严打第二战役会议，得知已有调我回省工作的决定。

调令到后，因工作衔接，延宕两月左右。老领导魏庶民、赵瑞等同志，对我的调动均表关心，同我到军分区等相关部门辞别，谈了许多知心的嘱托。我任地区政法委书记时，长治市政法委书记是陈昌奇同志，我们工作配合默契，市里研究重大案件或举行宣判大会时，经常约我参加。我赴省前，陈书记专门召集市政法部门的同志同我吃饭、照相，那晚的同人畅饮，仿佛应合了宋人的一句词，正是"别离滋味浓如酒"。

四时更变化，岁暮一何速！自到省工作后，诸事劳形，岁月悄然流逝。到了一九九五年爆竹迎新之时，我蓦然想到离开长治已经整整十个春秋，回首世态翻覆，物是人非，不禁喟然。

正月十五傍晚，同家人在太原街头漫步，本想借佳节气氛一爽精神,不料省城风气变易,元宵节反不如圣诞节热烈,完全看不到娱乐活动,灯笼甚少,显得一年比一年冷清了。

这使我想起了长治。家住南街时,元宵夜带女儿沿街看灯,剧院门口的八音会吹打得十分带劲。走到莲花池,满园欢声笑语,红男绿女争看鳌山灯。还有那些谜语灯笼,猜出谜底,孩子便能领到铅笔盒之类的奖品。进而联想到我小时住在西街,竟自跑到英雄街观看红火,遇上表演高潮,观众突然拥簇,挤塌街边砖垒的花坛,我被挤在人群中,帽子围巾全给挤丢。下年便不再去英雄街拥挤,参府街就近也有戏台,有赶旱船和干板秧歌。有一年在府坡街口搭了台子,梆子剧团郭金顺、吴婉枝登台演出,西大街人山人海,一时水泄不通。

忆及昔日情景,因而萌生一念,总想再回长治过一个元宵。

一九九六年春节前夕,北京发生李佩瑶遇害案件,凶犯即是从潞城县入伍的战士张某。此案震惊朝野,中央领导责山西查处张犯入伍事。经查实征兵中确有作弊行为,当事人构成玩忽职守,案移长治城区法院审理。因上级督办在急,我为此事到了长治。三月二日访城区法院,三日在宾馆研究审理意见,四日便是正月十五,市里组织了盛大文艺表演,正好合了我的心愿。

我将母亲接来长治,一说要看社火,老人家欣欣然有喜色。表演于上午九时开始,大街两边早已站满观众。潞州剧院前面临街设了简易观礼台,我陪着母亲,和谢栓贵书记等一起观看。演出队伍分别由街道、乡镇、厂矿企业和机关单位组成，从八一广场为起点，一家接一家相继行进。彩车装饰得各显缤纷，车上有八音会，有梆子戏，有威风锣鼓，人欢车跃，鼓乐齐鸣。传统社火节目，如耍狮子、舞龙灯、高跷、扛妆、旱船、腰鼓种种，争奇斗艳，绚缦多姿。早春天气，仍然料峭，却因节目精彩，使人不觉风寒，一直看了三个多小时。整个表演结束，我们回到午饭桌上时，已近下午一时。

母亲下午休息，晚上仍有兴致看放焰火，于是穿了厚棉大衣，登上广场南侧的楼顶。从晚八时开始，焰火放了整一小时。然后下楼乘坐轿车，观看全城的花灯，从英雄街直下，转解放东街，经和平医院，到了淮海、惠丰厂，返回来再过东街、大北街，处处张灯结彩，一片辉焕纷华。

母亲一路赞叹，喜不自禁，我更乐不可言。既兑现了我自己一宗念想，也是对母亲略尽孝忱。多年间忙于琐务，和母亲在一起的时间极少，每有愧感。能有机会陪母亲欢度元宵佳节，也是我一生中引以欣慰的事情。

八　学诗养精神

孔子曰：不学诗，无以言。不学礼，无以立。

我在海南岛的时候，身边带有一本《诗经》，此外并无更多书可读。但那时除正常工作，没有繁杂事务，茅屋荒江，单身独处，却也有些闲情逸趣，心境尚可宁静。而在长治工作那十年中，俗累逐年增多，清静时间几乎没有，焉能谈得上学诗学礼呢?

刚调回长治之初,面临安家问题。妻在丝厂上班,厂子又在农村,带着幼女租住民房,困难殊多。但厂里女工大多情况类似,厂长把调出关口封得死紧,绝不轻易放走一人。二女儿出生后,妻已无法再去上班,幸好那厂是轻工局下属,厂长免不了有事同我协商,调动事乃得有所回旋。彼时尚未兴起送钱行贿的风气,虽多次到厂里拜恳求托,没有送过任何礼品。妻的工作关系转到长治物资局下属公司,得力于该局人事科长帮助,事后到科长家里致谢,只是买了两盒饼干。而且饼干质量很差,"酱不黑,醋不酸,饼干就像耐火砖",即是当年长治的民谣。

妻带俩幼女来到长治,却不能叫做搬家,没有任何家当可搬。没有房子,临时住办公室,小儿屎布尿布,挂在办公场所很不雅观,大家都有意见。经过一些周折,房子问题解决,逐渐安下身来,生活琐事却还无完无了。

家事以外,工作上亦俗务纷纷。做劳资工作与劳动局交往,工厂招工,子女接班,职工调动,工资调整等等,不免事杂缠身。除了公事公办,更有亲戚朋友、同学老乡找上门来,人来求我,我去求人,相互请托,你来我往,烦烦琐琐。到头来消耗了自己的年华,为他人做了嫁衣裳。

坐机关麻烦事多,宁愿下厂下乡。我曾在高平丝厂、端氏丝厂蹲点,住过较长时间。蹲点任务是贯彻上级文件,帮助厂里工作,其实不解决任何问题,吃闲饭而已。工厂大灶粗粮粗做,吃高粱面疙瘩致我胃痛很久。但生活好坏,尚在其次,最可叹息的是空耗时间。几个人住一宿舍,打扑克累了,开始聊天。有人忽然提出:"毛主席说宋江架空晁盖,指的什么意思?"东拉西扯一阵,谁也说不清楚。于是又有人说:"昨天村里妇女跟上鬼了,言语动作全然和死去那人一样,真是奇怪,到底有鬼没有?"鬼的问题尚不知所以,又引出野人的传闻,灵通人士说道:"神农架发现野人,千真万确,湖北来人说的,民兵抓住一个,野人脚有两尺长呢!"不着边际地聊到吃饭,吃了饭睡觉,睡醒了再聊。

下到农村劳动,多在收秋之后整修田地。镢刨锹铲,独轮车推土,红旗飘扬,略造声势。长治县司马公社某村,是我们的劳动基地,尽管农家粮食不丰,吃派饭每日有一顿白面。一个老乡家里没了小麦,为给下乡同志吃面,打发孩子去到舅舅家借麦,竟然阴差阳错,取来已经拌了红矾的麦种,磨粉做好面条,客人未到,自家孩子先吃一碗,可怜这孩子中毒倒地,未能抢救过来。悲剧发生在身边,极感痛心,事隔多年仍会记起。无论是昔称"经济崩溃"的年代,还是今称"太平盛世"的年代,农民总是艰辛的。而他们在艰辛中仍然保持一副善心热肠,尤其令人感顾。至于干部下乡劳动的事情,想来却是有其教训的,固然应当深入群众,亦应当劳动锻炼,形式主义则会有害而无益。

我那时不甘心沉沦,除了写诗,也想练习书法,还曾想写作小说。构思一个长篇,却因种种干扰,未能实现,也是自己意志不坚之故。"达则兼济天下,穷则独善其身",向来是中国士人的理想境界。无谓地消耗时光,浪费生命,读书人堕落为一个低俗的人,这是极感心悲的事情。

尚可欣喜的是，蹉跎之间，亦曾有过几次读书的机会。一次是报考研究生时，为备考到母校二中求教，管理图书的卢士诚老师打开书库，任我选取借阅了一批法律和历史类的好书。二次是调去组织部之初，曾在监察科工作，该科与宣传部资料室挨近，其室内藏书有《二十四史》等，我有空便去看书，时间虽然不长，也看完了宋齐梁陈。三次是遇到南街书店经理，说起书库有一批"文革"前的图书，准备选择上架，随其进入库中，选购多种旧书，即有古典诗词和诗话之类，算得上一次"近水楼台先得月"的机缘。

　　管理了毕业生分配，是我尤其忙碌的时段。领受任务，编制计划，这边联系学校，那边落实单位。有领导批条子，有熟人打招呼，或是学生自己找上门来，本本上写满了学生的名字。此项工作与计划委、教育局共同商办，不论谁打招呼，总是多方努力，尽量给学生们做好安排。自己是学生出身，尽能体会他们的苦衷，有时却也会不耐其烦。有次将找到家里的学生拒之门外，厉声呵斥，事后甚感不妥，深为懊悔。任职法院之后，除了案件压力，还有机关诸多事务，社会交往扩张，俗纷增多而无可摆脱。因与外单位住房子争执，法警强行占房，引发对方不满，将我告了一状。每犯急躁的毛病，自己沉静下来检讨，觉得久不读书，便只会成为庸人和俗吏。

　　苏轼曾说："人瘦尚可肥，士俗不可医。"但古人又说："医俗还须读古书。"我虽爱读书，忙起来则忘。据曾国藩日记中记述，他在军务繁忙之际，每天仍要读几篇古文，

"岸然想见古人独立千古、确乎不拔之象"。此种境界,吾辈恐是望尘莫及的。

我唯一无懈无厌的一个习惯,便是写诗。杜甫说:"宽心应是酒,遣兴莫过诗。"我于喝酒不甚嗜好,写诗却如成癖。每有思想感触,都会琢磨一些诗句,忧郁烦闷的心情便随之消散。写诗的过程,是一个涵养精神的过程,大致近乎孔子所说的"学诗"。

一九八五年元旦,将离长治之前,偶遇陵川县聚太县长,邀我去看陵川古迹。虽是寒冬,路有积雪,那天阳光灿烂如春。乘车到了县城,出城往西不远,即可看到西溪二仙庙。阳坡化冻,步行泥滑,拄杖进入古庙。久历沧桑的山门、古树、大殿、妆楼、神龛,文化韵味醇然。天淡云闲,今古相接,使我不禁低回而兴慕。此庙源之于仙姑姊妹的神话,唐代始创,北宋加封为真泽宫,金代毁于兵火,元代复原旧貌,尚有历代文人碑刻留存不废。看罢归来,途中填了一首《虞美人》:

冰河雪径访仙庙,古树流晖耀。姊楼妹阁谢芳容,宋墨元刊犹可辨蛇龙。　　映眸松影霜岚美,洗耳寒泉水。微吟惜别圣贤乡,郁郁山川精气润诗章。

昔年事务碌碌,虽多次到过各县,许多古迹未得一观。到省城工作之后,时而浏览有关长治历史文献,列数不曾到过的名胜之乡,心有遗憾。后来凡有公务回到长治,顺便看一些地方,如襄垣仙堂寺、平顺金灯寺等处始

　　游览古迹和读书,有着同样的意义。古人说过:"览遗踪,胜读诗书语言。"古迹中沉淀着传统文化,以古为镜可以知兴替,以古为镜也可以照见今人的浅薄和俗靡。

得游览,亦都有小诗记述。

游览古迹和读书,有着同样的意义。古人说过:"览遗踪,胜读诗书语言。"我看古迹,并不想去旅游观光热闹的地方,尤其讨厌重新制作和装潢了的假古董。愈是荒残,愈能使人触生思古之幽情,使人"念天地之悠悠,独怆然而涕下"。古迹中沉淀着传统文化,以古为镜可以知兴替,以古为镜也可以照见今人的浅薄和俗靡。

九 重上老顶山

秦始皇统一中国,分天下为三十六郡,晋东南这块地方即为上党郡。上党郡其名,战国时已有之,所谓"其地极高,与天为党,故名"。苏东坡词曰:上党从来天下脊。

秦代的上党郡治,西至今之安泽、古县,北至今之和顺、昔阳;而今之长治、晋城两市所辖范围,则是行政建置始终稳定的上党核心区域。据明清两朝地理志,潞安府领长、长、襄、屯、黎、潞、壶、平八县,铜鞮、武乡、沁源为沁州,晋、高、阳、陵、沁为泽州。每一县名都很古老,都有许多历史传说和文物遗址。迄今我已看过多处上党名胜,种种乡俗风情亦不生疏,实在记不清多少次在这些县之间跋涉穿行了。

却说一九八五年夏季,在这片古老的土地上,引发了一次新的震撼。作家赵瑜为此著有文章,名为:太行山断裂! 巍巍太行,何至于断裂了呢? 其实那是一次行政建置的变革,将晋东南诸县分给长治、晋城两市管辖,名之为市管县。改革开放的时代潮流中,引进西方文化的扑朔迷离之事甚多,市管县的体制忽成时髦。我常常以为,中国的体制与西方殊异,有些事情我们自己认为与时俱进了,人家看来可能是东施效颦而已。也许是恢复了以前的府和州,才更像是我们自己的国家。此次改革的实质,亦即作家那篇文章的第一句话:"全国著名的中共晋东南地区委员会和该地区的行政公署,在一个早晨,从太行山上消失了。"

晋东南地委一些老人,曾经幽默地用"八五五八"几个数字来表达他们的情绪,意思是把一九八五年的改革,与一九五八年大跃进相提并论。这些都已经成为往事。经过二十多年的翻番,长治市和晋城市都已经跃变为现代化都市。巨大的代价毕竟换来空前的盛况。愚钝如我之保守者流,目睹其景象之繁昌与楼厦之豪伟,亦惟有目瞪口呆而已矣。

地委和行署撤销以后,原来机关所在地便有了"南大院"名称。一次我到长治开会,南大院管理处友人约我小聚,饭间说起原先的领导和同事,或去晋城,或下县区,或已退休,亦有已经离开人世者。真是春秋代谢,世情翻覆,感慨不堪言述。

我在人事局做毕业生分配工作时,考虑机关缺少后续人员状况,特地商请领导破格同意,选留一批学子充实地委行署机关。如果不是机构变化,这批青年干部应该在那座大楼里一起崭露头角了。当年人气极旺的一座首脑机关大楼,却已经像一个退休的老人,萧瑟冷落而神色颓然。

东家属院曾经有分配给我的一套宿舍，未曾住过即已退还。大院里的住户原来都是熟人熟面，经此多年变迁，却恐触目皆新，难寻当年旧主人了。我住在轻工局家属院的那处房子，拓宽马路时已经拆除。搬家往太原时，家中没有来得及收拾的家具杂物，以及少许图书之类，曾经寄放到地区中级法院楼里，该法院随地委一起撤销，杂物散失殆尽。人生在世，尚如飘尘，微物更何惜之！地区中院原来与公安处同在一栋楼中办公，我任院长时置地新建，然搬进新楼不到一年，该院即宣告撤销，废弃的楼房如不利用，大概也该结满蛛网了。

怀旧绝非好事，总归感伤多于高兴。过去所喜爱的地方和那些人事，本应该遗忘了，但又总不能遗忘，还要回忆，还要因而引起感触，这有什么法子呢？人的本来性情如此啊！正如《兰亭集序》所说："向之所欣，俯仰之间，已为陈迹，犹不能不以之兴怀。"

中国古人有修禊的习俗，王羲之那篇名作，正是为在兰亭修禊时众诗人的诗集所撰写。古人那种风雅传统现在已经丢失，而相邀多时不见的朋友到饭店一聚，接杯畅饮，也是我们今人一种表达感情的方式。我有次回到长治，把中学老同学邀到一起，大家在酒桌上忆事怀人，兴会淋漓，也不免有某些坎坷或不测之事引人兴嗟。

在长治还有我们政法学院校友，有几年中亦经常小聚，后因工作变动，见面机会渐少。一九九六年三月十六日，我去参加长治中级法院整顿队伍会议。那天恰是周末,晚饭时有校友在场,说起近年长治旅游建设,尤其说到老顶山风景,引起我的游兴。因我学生时期多次上山植树,大炼钢铁又上山采矿,在滴谷寺废址野餐的情景,依然历历如新。于是饭桌上约定,星期日与同学登山游玩,聊尔重温一回旧梦。

老顶山即是神农氏的百谷山,因古代多柏树,又称柏谷山。此山五峰相连,俗称五顶,老顶为其中一顶。当初上山种树、采矿那时,只是一片荒山野岭,现在满山苍松翠柏,四望葱茏,显示了几十年来植树造林的成果,又可以说是名副其实的柏谷山了。那天一起上山的校友,记得有玉川、顺强、戊生、成苗、刚领。我们登上观景楼,畅观群山的林涛树海,眺望山下的碧野平畴。时值春分节令的前三日,天气尚觉寒冷,然大家游兴颇浓。看了南崖宫、朝阳洞等景点,又下到山麓来瞻看新建的炎帝巨像。

炎帝像建造过程中,曾与四川某承建单位发生纠纷,诉讼案件在省高院二审时,长治市政府领导同志找我反映情况,我们在审理中斟酌政府意见,以使纠纷妥结,工程得以顺利进行。其时只是审阅卷宗,并未到过现场。当我和校友来到炎帝像前时,虽然工程尚未告竣,脚手架还没有拆除,但已经足以看出这尊雕像是如何地崇高和雄伟了。我们绕着巨像四周,一边观看一边议论,拍了不少照片。回来路上我还在想,炎帝像立在长治百谷山下,其意义真是极不平凡的。

传说上党为炎帝立国之地,至今尚有与传说吻合的诸多遗迹。炎帝始教民为耒耜,兴农业,又有神农氏之称,炎帝文化的渊源即是农耕文明。这里的人民，世世代代始终遵循着"耕读传家"的古训，农耕文化塑造了上党人的基本性格。炎帝像可谓是悠久而辉灿的上党文化标志，是太行山河的精华凝聚，也是我们作为长治人的精神寄托。

当我写了上面这些回忆文字，准备收尾辍笔之际，有朋友向我推荐一篇施蛰存的文章，发到我的邮箱。施文题为《批〈兰亭序〉》，文中指摘《兰亭集序》"七拼八凑，语无伦次，不知所云"。为此，我将王羲之这篇名文又反复读过，却没有感觉出拼凑的痕迹来。无论说"俯仰之间，已为陈迹"，还是说"生死亦大矣"，让人感叹、感伤，这都是人所共有的情感。我想，深味《兰亭集序》其言，人都会有所共鸣，并没有什么"不知所云"的费解之处。

我在长治学习、工作、生活，前后达二十馀年，留下的那一串串足迹中，都曾经跳动着鲜活的生命。尽管时代列车飞进，许多往日站点已被远远抛去，自身和身外的一切，迥然不同于以前，现实景况固可以"快然自足"了，然而，"及其所之既倦，情随事迁，感慨系之"，回头看看以前那些足迹，能不引起人生感怀吗？这也正如王羲之所云："虽世殊事异，所以兴怀，其致一也！"

于二〇一一年十二月十八日子夜敲电脑完稿。

图书在版编目（CIP）数据

行道集 / 寓真著 . -- 太原：三晋出版社，2012.7
（2020.1 重印）
ISBN 978-7-5457-0580-5

Ⅰ. ①行… Ⅱ. ①寓… Ⅲ. ①散文集—中国—当代
Ⅳ. ① I267

中国版本图书馆 CIP 数据核字（2012）第 148314 号

行道集

著　　者：	寓　真	
责任编辑：	李秋芳	
出 版 者：	山西出版传媒集团·三晋出版社（原山西古籍出版社）	
地　　址：	太原市建设南路 21 号	
邮　　编：	030012	
电　　话：	0351-4922268（发行中心）	
	0351-4956036（总编室）	
	0351-4922203（印制部）	
网　　址：	http://www.sjcbs.cn	
经 销 者：	新华书店	
承 印 者：	太原市隆盛达印业有限公司	
开　　本：	889mm×1194mm　1/32	
印　　张：	7.75	
字　　数：	150 千字	
版　　次：	2012 年 7 月　第 1 版	
印　　次：	2020 年 1 月　第 2 次印刷	
书　　号：	ISBN 978-7-5457-0580-5	
定　　价：	30.00 元	